見た目レンタルショップ

化けの皮

石川宏千花

小学館

見た目レンタルショップ　化けの皮

目次

登場人物紹介　4
序　7
レンタル契約1　柴田五月（女性）十七歳　13
レンタル契約2　太田　誠（男性）三十二歳　33
レンタル契約3　小野哲也（男性）十六歳　51
レンタル契約4　沢口友梨（女性）十一歳　69

レンタル契約5 中島文子（女性）二十歳 87

レンタル契約6 山下悠太（男性）三十八歳 107

レンタル契約7 加藤美織（女性）二十六歳 127

レンタル契約8 及川紘一（男性）五十四歳 167

レンタル契約9 吾妻春妃（女性）四十二歳 189

レンタル契約10 遠野澄佳（女性）十五歳 211

登場人物紹介

狐《きつね》を使役《しえき》する一族の末裔《まつえい》である吾妻庵路は、
人間に化けた狐(=店員)と客の中身を入れ替えることができる。
条件❶犯罪行為に使わない
条件❷中身が入れ替わっているあいだは互いに近くにいなくてはならない

真問《まとい》

双子の兄
子狐・アルバイト店員
街でその姿が見つかると、SNSで目撃情報が拡散するようなイケメン。人間の考えることを理解しはじめている。そのせいか、ときどき人間っぽいことをいうようになってきた。

帆《ほ》ノ《の》香《か》

双子の妹
子狐・アルバイト店員
街を歩けば、すれちがう人が思わずふり返って二度見するような、超がつく美少女。人間社会のことがイマイチまだよくわかっていない。

吾《あ》妻《ずま》庵《あん》路《じ》

大学一年生・店長
ぼさぼさの寝ぐせと首もとが伸びたボーダーシャツがトレードマーク。祖父の園《その》路《じ》から引き継いだ、狐を使って見た目を入れ替えさせる不思議な能力を持つ。

呉《くれ》波《は》

化け狐・店員
全身黒づくめで、がしっとしたタイプ。どんなものにも七変化《しちへんげ》できる、大化け狐。かつて庵路の祖父・園路に仕えていた。

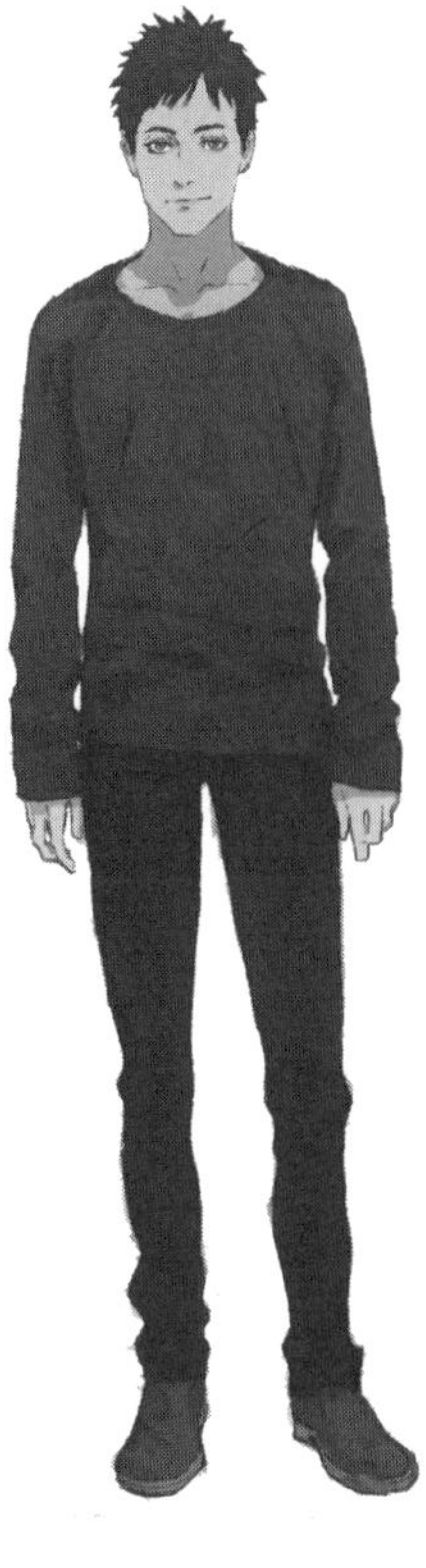

砂《さ》羽《わ》哉《か》

化け狐・店員
白が似合う、クールな印象のしっかり者。呉波同様、どんなものにも化けられる妖力の持ち主。庵路はもちろん、呉波、真問、帆ノ香たちを護《まも》ることに責任を感じている。

序

——遠いむかしのある夏の夜。

燃え盛る茅葺《かやぶ》き屋根の家を、ひとり見上げている子どもがいる。十歳ほどの男の子どもだ。つぎはぎだらけの質素な麻の着物姿で、炎の赤に照らされている。

「おまえがやったのか？　砂羽哉《さわか》」

ぽつりと、子どもがたずねた。いつのまにかその背後には、白装束《しょうぞく》の青年があらわれている。

「ああ、オレがやった」

応じた声は、低く重厚だ。

「どうしてやった」

「おまえを護《まも》るためだ」

「そんなこと、たのんでない」

「たのまれなくても、やる」

「おまえを使役《しえき》しているのはオレだぞ」

「そのおまえを失えば、オレたちも生きてはいけない」

子どもは、深々とため息をついた。

「稼業は、オレの代でおしまいだ」

「終わらせてどうする」

「おまえたちと、ひっそりと暮らすさ。誰にも知られないよう、山奥にでもひっこんで」

白装束の青年は、これまたいつのまにかあらわれていたもうひとりの青年に、視線を送った。こちらは黒装束に身を包んでいる。草履《ぞうり》までもが黒く染められており、炎が届いていない部分に同化するかのような出《い》で立《た》ちだ。

「……といってるぞ、呉波《くれは》」

「悪くない暮らしだ。園路《そのじ》がいればな」

ふたりの青年は、園路と呼んだ子どものうしろ姿を見つめて、ひそかに笑い合った。

園路にうながされ、ともに歩き出す。

炎に照らされた地面に長く伸びたその影には、くるりと丸まった尻尾《しっぽ》がついていた。


オーライ、オーライ、と車を誘導する声が聞こえている。

疲れきって縁側に座りこんでいた吾妻庵路《あずまあんじ》は、もうきたかー、とため息をついた。

午前中いっぱいかけて積みこんだ荷物を、今度はおろす作業が待っている。つくづく引っ越しは大変だ。大学に入学したとき、もうこりごりだと思ったばかりなのに、一ヶ月もしないうちにまた引っ越しだなんて……。

「すみませーん、これ、どこに置けばいいですかあ？」

引っ越し業者の呼ぶ声に、「いまいきまーす」と答えて、裏庭を小走りに横切っていく。

引っ越してきたのは、築百年の古民家だ。内装の一部を店舗として改築はしたものの、外観にはほとんど手を入れていない。きょうからここが、庵路の住居兼店舗になる。

玄関先では引っ越し業者が、大きな看板をふたりがかりで運んでいる最中だった。

「あ、それは玄関の横にでも――」

庵路がぺこぺこしながらそう指示を出すと、ぶっきらぼうに、「ここでいいのね？」とタメ口で返事をされた。あからさまに、なめられている。

きょうの庵路――基本の庵路ともいえる――は、寝ぐせのついたぼさぼさ頭に中学生のころから愛用中のボーダーのシャツ、くたびれたベージュのチノパンツ、足もとには茶色い健康サンダルを合わせている。おまけに洒落《しゃれ》っ気《け》のない銀縁の眼鏡をかけたその姿は、堂々たる弱者の風格だ。引っ越し業者たちは、こいつをなめてなにが悪いの？　という態度を隠そうともしていない。

「おー、庵路。もう着いたのか」

そこに、先乗りして待っていた呉波が、ひょっこり玄関から顔を出した。ぶかっとした黒のトップス、同じく黒のスキニーパンツという黒一色のコーディネートは、風情《ふぜい》のある古民家の玄関先では少しばかり浮いている。

潔く短髪にした呉波の見た目は、やや小柄ながらも、どこにでもいそうな二十代半ばの若者だ。それなのに、どういうわけか初対面の相手を緊張させるところがあった。やさしげに垂れたその目の奥が、妙に冷めているのが原因なのでは、と庵路は思っている。

引っ越し業者たちは、まさかの〈ちゃんとした大人〉の登場に、急に動作がきびきびしはじめていた。さらにそこに、「きたのか、庵路」と、砂羽哉までが姿を見せた。

こちらは白い長袖Tシャツに、薄い墨色のジーンズを合わせていて、ぱっと見は白一色の服装だ。呉波とは対照的に、ななめに流した前髪からのぞく目尻はあがっている。砂羽哉もまた、見た目は二十代半ばのいまどきの青年だというのに、相手が誰でも動じそうにないどっしり感がある。引っ越し業者たちは、無駄口のひとつもきかず黙々と荷物をおろし終えると、そそくさと帰っていった。

「……わかりやすい人たちだったなあ」

思わず庵路は、そうつぶやく。

「なんかいったか？」

かたわらの呉波に顔をのぞかれた庵路は、「ううん」と首を横にふる。

「看板、先につけちゃおうか」

玄関のすぐ上に、やや広めのスペースが空いている。そこに合わせて、看板を作ってきたのだ。呉波は脚立《きゃたつ》にのぼり、砂羽哉は裏返したバケツに乗って、看板を持ちあげた。

「もうちょっと右、そうそう、あ、呉波のほうが少し下がったかな」

離れたところからバランスを見ている庵路が、微調整を加えていく。

「そこ！」

場所が決まった。コンコンコン、と釘《くぎ》を打つ音が、小鳥のさえずりに混ざる。

取りつけられた看板を、三人、横一列になって眺めた。シンプルな、文字だけの看板でこうつづられている。

よろずレンタルショップ化けの皮

レンタル契約

1

柴田五月

（女性）十七歳

帆《ほ》ノ香《か》は、どこからどう見ても高校生の女の子だ。しかも、かなりかわいい。あご先までのショートボブとセーラー服が、これほど似合う女の子もそうはいないと自画自賛したくなるくらい、かわいい。これでずっとこの姿でいられたら、と思うのだけど、長くて一週間が限界だ。だから、学校にも通えていない。制服は着ているけれど。

「帆ノ香、先に掃除を終わらせたら？」

お客さま用の姿見をちょっとのぞいていただけなのに、サボっていたと思われたらしい。帆ノ香は、土間のほこりをほうきで掃いていた真間《まとい》をにらみつけた。

「いわれたところはもう終わったもん」

「窓は拭いたの？」

それは、まだだった。帆ノ香は、む、とくちびるをとがらせながら黙ってしまう。

真間は、帆ノ香の双子の兄だ。見た目はそっくり同じで、性別だけがちがう。

「うーん、きょうも〈あちらの予約〉のお客さまはゼロか」

すっかり存在を忘れかけていた店長の庵路《あんじ》が、カウンターの中で情けない声を出した。

吾妻《あずま》庵路は、帆ノ香がアルバイトをしているレンタルショップの店長だ。自分たちの保護者でもある。帆ノ香は、ふっ、と鼻から息を抜いて笑った。どうしてこんなのが、と思いながら。

柴田五月(女性)十七歳

庵路は、住居兼店舗のこの古民家から、自転車で三十分ほどのところにある国立大学に通っている。入学したばかりの一年生だ。きょうは講義が午前中だけの日だったので出勤しているけれど、ふだん店に立っているのは砂羽哉《さわか》と呉波《くれは》のふたりだけで、帆ノ香と真問も、シフトに入っているのは週に三日ほどだ。

帆ノ香は、つん、とそっぽを向いたまま庵路にいった。

「店長の庵路が、もっとお客さんがくるように努力しなきゃいけないんじゃないの?」

なぜだか庵路には、いらいらした態度を取ってしまう。

「こら、帆ノ香。庵路になんて口のきき方だ」

いきなり背後から聞こえてきた声に、帆ノ香はびくっとなった。買い出しにいっていた呉波がもどってきていたらしい。そのすぐうしろには、帆ノ香の大好きな砂羽哉もいる。

「だって、きょうも〈あちらの予約〉が入ってないっていうから……」

呉波は、おみやげらしいコンビニの肉まんを真問に手渡しながら、帆ノ香をたしなめた。

「勘ちがいするなよ、帆ノ香。おまえの保護者はオレたちじゃない。庵路なんだからな」

そんなことはわかっている。主《あるじ》が庵路だってことも、自分たちのためにこのお店をはじめてくれたってことも。こつこつとチラシ配りなんかもして、本業はそこそこ順調らしい。がんばっていないわけではないのだ。わかってはいても、つん、としたくなる。あまりにも庵路が、弱々しいオーラを出しているせいだ。

眼鏡の位置を直している庵路を、ちら、と横目で見やる。相変わらずの、ださださっぷりだ。ぼさぼさ頭には寝ぐせがつきまくりだし、首が伸びた白Tシャツ、くたくたのベージュのズボン、布がすれたスニーカーの組み合わせはまるで中学生みたいで、かっこ悪ーい、と馬鹿にしたくなる気持ちが、どうしても抑えられない。

それに比べて、砂羽哉と呉波のお兄ちゃんたちのかっこいいこと！

どちらも二十代半ばの見た目だというのに、品も威厳《いげん》もある。その上、顔が自慢の俳優やタレントなんかじゃ足もとにもおよばない見た目のよさを、砂羽哉は白、呉波は黒にこだわったセンスのいいファッションで、さりげなく引き立てていたりもする。こんなかっこいいお兄ちゃんたちを見て育ったのだ。庵路の見た目のしょぼさに、はっ、と鼻を鳴らしたくなるのも仕方がないと、帆ノ香は思う。

「あ、予約入ったかも」

パソコンの画面に見入っていた庵路が、ぼそ、とつぶやいた。

「えっ、入ったの？」

帆ノ香はすばやくカウンターの中に回りこむと、庵路を押しのけんばかりのいきおいでパソコンの画面をのぞきこんだ。

柴田五月（女性）十七歳

そこには、希望するレンタル用品にチェックを入れる項目が表示されている。

「ホントだ、〈見た目〉がチェックされてる」

お店のサイトの画面では、そこにチェックを入れると、姉妹店のサイトに誘導されるようになっている。そちらのトップページには、『別人になってみたい方、〈見た目〉をレンタルしてみませんか』というセリフの下に、予約の案内だけが出ているのだけど、くわしいことはなにも説明されていない。

帆ノ香にだってわかる。そんなの、うさんくさい、と思われて当然だと。庵路いわく、それでいいらしい。

「柴田五月《しばたさつき》、十七歳、東京のお客さんか」

いつのまにか砂羽哉も、帆ノ香の肩越しにパソコンをのぞきこんでいた。距離の近さに、どきっとなった瞬間、帆ノ香は、ひやーん、と声をあげて、着ていた制服の内側を勢いよくすべり落ちていった。すたっ、と床に着地した帆ノ香はもう、さっきまでのかわいい女子高生ではなくなっている。本来の姿――子狐《こぎつね》にもどってしまっていた。恥ずかしくて、顔もあげられない。

「まだまだ危なっかしいなあ、帆ノ香は」

ため息まじりに砂羽哉がいった。

呉波も真問も同調して、うんうん、とうなずいている。庵路だけが真顔でなにか考えこんでいる様子だったのだけど、いきなり腰をかがめたかと思うと、帆ノ香の鼻先まで顔を近づけてきた。「柴田さんの〈見た目〉レンタル、帆ノ香がやってみる?」といいながら。


たいして期待もせずに、柴田五月はその予約の欄にチェックを入れた。

都内ではやたらと緊張するヴィンテージショップも、少しだけ田舎《いなか》にあるお店なら気軽にのぞけるかも、と思ったのがはじまりだ。

よろずレンタルショップ《化けの皮》
北関東の小さな街のサイトにあった、地元のお店紹介コーナーで目にした店だった。変わった店名だと思ったら、『当店のレンタル商品で、あなたの日常に化けの皮をかぶせてみませんか』という意味があるらしい。

自転車やレジャー用品、冠婚葬祭およびイベント用の衣装なんかを主にレンタルしているようなのだけど、なぜだかその中に、〈見た目〉という品目がまぎれこんでいた。

そんなものが気軽にレンタルできたら苦労はしないよ、と思いながらも、気がついたときには手続きを済ませてしまっていたのだ。そうして五月はいま、急行列車とバスを乗り継いでやってきたその店の前に立っている。

いい感じの古民家だ。こういう場所に五月はついときめいてしまうのだけど、仲よしグループのみんなには、ひた隠しにしていた。不思議ちゃん認定されたら、たちまちのうちにグループ内での居心地が悪くなることは目に見えている。いまのところ、五月のポジションは、〈ふつうにいい子だよね〉なのだ。これを変えたいとは思っていない。ただ、休日にこっそり楽しんでいるヴィンテージショップ巡りを、もう少しストレスなく楽しめるようになりたい、とは思っている。〈見た目〉のレンタルなんてあやしげなものにうっかり気を引かれたのも、きっとその辺りが原因にちがいない。

「すみません、予約した柴田ですけど」

横に引く戸をガタゴトと開けて、受付らしきカウンターの奥に向かって声をかける。

「はーい、いまいきまーす」

おっとりとした声がすぐに聞こえてきた。カウンターの奥の簾《すだれ》をくぐって、大学生風の男の人が姿を見せる。カウンターをはさんで、五月と向かい合った。

「店長の吾妻です。東京からいらしてくださったんですよね？　遠かったでしょう」

「あ、いいえ、文庫を読みながらきたので、あっという間でした」

「へえ、スマホじゃなく、文庫ですか」

はっ、と我に返る。ここは、スマホを見ていたらすぐでした、というべきだったかと。うっかり本当のことをいってしまった。

「ぼくも断然、文庫派です」

店長の吾妻さんは、なぜだかうれしそうにそういって、五月に着席をうながした。

「このたびは、〈見た目〉のレンタル予約をありがとうございます。実は、柴田さんがはじめてのご予約なんですよ」

「えっ、そうなんですか」

「店自体、この春にはじめたばかりで」

それに、といって、吾妻さんは少しだけ声をひそめた。

「姉妹サイトまではきてくださっても、ご予約にはいたらない方がほとんどで」

それはそうだろう。五月だって、なにこのやる気のないサイト、と思ったくらいだ。

「ご希望の〈見た目〉は、〈美少女〉をお選びのようですが」

ぼんやりしていた吾妻さんの声が、急にはっきりと聞こえてきて、ぎょっとなる。

「えっ……と、はい、そうです。あの、〈美少女〉をちょっと、お借りしてみようかと」

いっていいて、恥ずかしくなってきた。

レンタル契約1
柴田五月（女性）十七歳

予約のページに進むと、レンタルできる〈見た目〉の例に、〈美少女〉が入っていたのだ。借りられるものなら借りてみたいな、とふと思って、確かにそう書いたのだけど……。

そんなものをレンタルできるわけがないのだから、せいぜい美少女風のメイクやら衣装やらを貸してもらうだけに決まっている。おもしろおかしく、〈見た目〉をレンタルする、なんてキャッチーないい方をしているだけだ。そんな遊びにまじめにつきあっている自分が、どうにも恥ずかしくなってきたのだった。

「あのー、どのくらいお時間がかかるものなんですか？　メイクとか、着つけとか」

「あ、いえ、お時間はかかりません。せいぜい一分とか？　すぐにお貸しできますよ」

「……見た目を、ですか？」

「はい、〈美少女〉の〈見た目〉を」

ちょっとお待ちくださいね、と断るやいなや、吾妻さんはカウンターの奥に向かって、「おーい、帆ノ香」と呼びかけた。誰を呼んだんだろう、と思っていると、「ええっ？」と声を出して驚きそうになったくらい、きらきらの美少女が簾をくぐって出てきた。

「ほっ、ほの、帆ノ香、ですっ。はじっ、は、はじめ、ましてっ」

区切るところが独特な自己紹介をしながら、きらきらの美少女が五月に向かってお辞儀《じぎ》をする。さらさらの髪先が小さなあごのまわりで揺れるさまがまた、おそろしく可憐《かれん》だった。

「こちらの〈見た目〉でよろしいでしょうか？」

いきなり吾妻さんが、意味不明なことをいい出した。こちらの見た目？　こちらのって、まさかこの美少女のことをいってるの？　どんな天才メイクアップアーティストが挑んだとしたって、こんなきらきらの美少女に、この地味に地味を重ねた顔の自分がなれるわけがない！

「無理です！」

思わず五月は叫んだ。

「この〈見た目〉じゃだめでしたか？」

「いえ、そういう意味ではなく、わたしがそんな美しいお嬢さんになれるわけが……」

吾妻さんが、へらっと笑っていう。

「なれますなれます。逆に簡単です。中身を入れ替えるだけですから」

逆に？　逆にってなんの逆？　五月は完全にパニックに陥《おちい》りながら、頭を抱えた。


というわけで、五月は美少女になった。

レンタル契約 1
柴田五月（女性）十七歳

だいぶはしょったけれど、なれてしまった。
二ヶ月分のおこづかいでまあまあのおつりが出る料金で絶世の美少女になった五月はいま、駅前のメインストリートを歩いている。地方ながら、なかなかのおしゃれな通りだ。そして、すぐ横には見なれた地味顔が、びくびくしながらくっついているのだった。

　細かいことは、五月にもよくわかっていない。「はい、目をつぶって帆ノ香と背中合わせになってください」「はい、入れ替えます」「はい、終わりました。目を開けてください」で、五月の見た目は帆ノ香ちゃんになった。かわいそうなことに、帆ノ香ちゃんは五月になってしまった。見た目が入れ替わっているのだ。そんなふたりがいま、いっしょにいる。

　どうして帆ノ香ちゃんが同行しているのかといえば、それがレンタル契約の条件だったからだ。〈見た目〉のレンタル中は、一定の距離を保ってそばにいなければならないのだという。単独で行動すると、もとの見た目にもどってしまうらしい。五月はその条件をのんだので、見た目レンタルショップ《化けの皮》――姉妹店のほうの店名だ――のお客さん第一号に無事なれた、というわけだった。

　それにしても、さっきから視線が痛くてしょうがない。通りすぎる女の子たちがみんな、自分を見ているのがわかる。なにあのかわいい子！　とあからさまに騒いでいる子たちもいるくらいだ。すごい。美少女、すごい。半端ない承認の嵐だ、と圧倒はされるものの、うれしい、とはならない。五月はただただ戸惑いながら、砂羽哉さんに教えてもらった、ヴィンテージショップの集まっている裏通りへと入っていった。

砂羽哉さんというのは、《化けの皮》の店員さんで、三秒以上直視したら目がとけるんじゃないかと思うほどかっこいい男の人のことだ。地味顔の五月にも横柄《おうへい》な態度を取ることなく、とっても紳士的な素敵な人だった。

五月のような地味顔の女子高生は、あらゆるタイプの男の人から、『こいつにはこの程度の態度でいいか』という態度を取られることに慣れてしまっていて、まあそうですよね、と自ら納得するのが癖になっている。そのせいで、せっかく砂羽哉さんがフラットな態度で接してくれたにもかかわらず、ひたすらおどおどしてしまった。

都内のヴィンテージショップでもそういう体験を重ねてきたので、最近はこそこそと店内を見て回って、なるべく店員さんとは接触しないよう気をつけているのだけど……。

「あ、ここみたい」

帆ノ香ちゃんが、ひっそりと出ていた看板を見つけてくれた。その声までが、いつもの五月のものだ。見た目が入れ替わると、声もちゃんとその骨格にあったものになるらしい。

店に入ると、いらっしゃいませー、と若い男性の声に出迎えられた。いかにもヴィンテージショップで働いていそうな、おしゃれ店員さんだ。こんなおしゃれなお店に、こんな地味顔がきちゃってすみません、と心の声で謝りそうになったところで、はっ、と気がつく。わたしいま、美少女だった、と。

どうりで店員さんの目の奥に、『レベルの低い客がきちゃったな』の色が浮かばないはずだ。五月を見る目が、あきらかにいつものそれとはちがう。なんでこんなきれいな子がここに？　と驚いている目だ。その手の反応に不慣れな五月は、ラックにかかったワンピースをあわてて物色しはじめた。帆ノ香ちゃんも、もの珍しそうに商品を手に取っている。

それにしても、と五月は改めて自分の見た目をじっくりと観察した。しみじみ、かわいくない。そのくせ、とっておきのヴィンテージのワンピースを着てしまっているのが、なんとも痛々しい。

ちらちらと、店員さんが自分たちのほうを見ているのがわかる。もちろん、見ているのは帆ノ香ちゃんの見た目をしている自分のほうにちがいないので、いつ話しかけられてもいいように、五月はこっそりせき払いをした。

「あのー、それって」

ほらきた、と顔をあげると、声をかけられていたのは、帆ノ香ちゃんのほうだった。

「ガニーサックスの'70年代のですよね」

そういって店員さんが指さしたのは、帆ノ香ちゃんの着ている五月のワンピースだ。

「'70年代？　へー、そんなに長いあいだ、大事にされてきたワンピースなんだあ」

帆ノ香ちゃんは、その地味顔には不似合いな、無邪気で屈託のない笑顔を浮かべた。

あーっ、だめだよ、帆ノ香ちゃん！

その顔でそんなかわいい笑い方したって――と五月が内心、冷や汗をかきまくっていると、おしゃれ店員さんは、なぜだかちょっと照れたような顔をして、こんなことをいった。

「お客さん、笑うと印象変わりますね。そのワンピース、めちゃくちゃ似合ってます」

うそでしょ？　と五月は愕然《がくぜん》とした。

自分の見た目でお褒《ほ》めの言葉をもらっている帆ノ香ちゃんを凝視《ぎょうし》する。なにが起きているのかわからない、とはまさにこのことだ。

レンタル契約 1
柴田五月（女性）十七歳

店員さんは引きつづき帆ノ香ちゃんにばかり話しかけていて、セーラー服姿の五月には、「ご試着もしていただけますので」くらいしか声をかけてこなかった。

誰かが口でいって教えてくれたって、こんなこと、絶対に信じない。でも、現実に五月はいま、目にしていた。一度でいいから、と思っていたことを経験している自分の姿を。中身が帆ノ香ちゃんの自分になら、こんなに簡単なことだったのだ。

五月がいま見ているのはきっと、ひどい態度を取る人に、まあそうですよね、なんて思ったことが一度もない人の笑顔だ。

思わず見とれてしまった。

——自分の顔なのに。


ぐったりとカウンターに伏していた帆ノ香の顔のすぐそばに、マグカップが置かれた。

「おつかれさま」

庵路の声に、ふ、と顔をあげる。

庵路が作る、はちみつをちょっとだけ垂らしたホットミルクは、帆ノ香の大好物だ。

「どうだった？　はじめての〈化かし〉は」

「よくわかんない」

意地悪でいったのではない。本当に、よくわからないのだ。あれでうまくやれていたのかどうか。なにせ、人の姿に化けたまま街に出たこと自体、数年ぶりだったのだから。

「お客さまには満足していただけたみたいだよ」

「えっ？」

カウンターの内側にいた庵路が、のぞきこんでいたパソコンの画面を、帆ノ香に見える向きに変えてくれた。画面には、〈見た目〉レンタルのお客さま第一号、柴田さんからのメッセージが表示されていた。

【本日、〈見た目〉をお借りした者です。美少女体験はあまり楽しめなかったんですけど（すみません、向いてなかったみたいです）、見た目って、本当に顔の作りのことだけをいうんじゃないんだって思えたのがうれしかったです。よくいうじゃないですか、大人って。大事なのは顔だけじゃないって。納得できたためしがなかったんですけど、中身が帆ノ香ちゃんのわたしが笑った顔、かわいかったです。

美少女は、見た目が地味顔になっても美少女のままなんですね。わたしもあんなふうに笑えるようになりたいと思いました。とりあえず、『こいつにはこの程度の態度でいいか』

柴田五月（女性）十七歳

と思っていることが透《す》けて見える人のことは、ははーん、その程度の人ね、と思うことにしました。あの笑顔で笑えるようになったら、帆ノ香ちゃんといっしょにいったお店、またいってみます。本当にきょうはありがとうございました】

お礼をいわなくちゃいけないのはこっちのほうなのに、と思わず帆ノ香は目を潤《うる》ませる。

帆ノ香は、化け狐になってまだ数十年の子狐だ。そのため、妖力《ようりょく》も安定していない。化け狐にとって、妖力を絶やすことは絶命を意味する。いまにも消えそうなろうそくの火のごとき帆ノ香の妖力を、風が吹いても消えない焚《た》き火《び》の炎にするには、ひたすら化けて、化かして、妖力を育てていくしかない。

むかしは好きなだけ人を化かすことができたけれど、時代は変わった。人々が暮らす場所には闇がなくなり、ゆきずりの〈化かし〉なんて、そう簡単にできる世の中ではなくなってしまったのだ。

「とりあえず、庵路が考えたこの方法で、〈化かし〉の安定供給はできそうだな」

外から土間に運びこんだレンタル自転車の手入れをしていた呉波が、満足そうにいう。

「次の客のレンタル希望が、〈十代の男〉だといいんだけどねえ」

クリーニングから戻ってきたパーティー用のドレスをガラスケースの中にしまいながら、砂羽哉がそれに応じる。

「真問の妖力もだいぶ弱ってきてるからな」

そんなふたりの会話に、真問は庵路のひざの上で、きゅうん、と鼻を鳴らす。帆ノ香が〈見た目〉のレンタルをしているあいだに、子狐の姿にもどってしまったらしい。

妖力が弱っているときは、どうしても狐の姿でいるほうが楽だ。感情が高ぶりすぎてもだめだし、無気力になりすぎてもだめだといわれている。意外と人の姿を保つのは難しいのだ。それでも、化けることをやめたら、化け狐は生きていくことができない。

だから、庵路は見た目レンタルショップ《化けの皮》を開いた。生前、会ったこともなかった祖父から引き継いだ化け狐たちのために。

「ねえ、庵路」

「なに？　帆ノ香」

「どうして会ったこともないおじいちゃんのお願いなんかきいてあげたの？　いきなり砂羽哉と呉波が迎えにきたんでしょ？　あなたのおじいさんが会いたがってますって。はあ？　って思わなかったの？」

庵路は、カチカチカチ、とキーボードをたたきながら、「思わなかったなあ」と答える。

「会ってみたかったし」

「どうして？」

レンタル契約 1
柴田五月（女性）十七歳

「うちにね、写真があったんだ。おじいちゃんの。それがすごくかっこよくてさ」

知っている。園路《そのじ》はかっこよかった。まっ白な髪も、枯れ木のような腕も、低くて重い声も、長く生きた森のようなたたずまいも。

歳《とし》の離れた園路の奥さんは、若くして亡くなっている。子どもは奥さんの親戚《しんせき》に預けられて、東京で育った。それが庵路のお母さん。

「大学も、おじいちゃんのそばで暮らしたいな、と思って選んだようなところもあるし」

大学入学を機にはじめたひとり暮らしのアパートに、砂羽哉と呉波が庵路を迎えにいったとき、園路はもう死の間際にいた。枕もとに座った孫の庵路に、園路がその儀式をしたときの光景は、帆ノ香もよく覚えている。園路の口の中から出てきた〈狐〉を、ぱくん、と口を閉じて引き継いだ庵路は、その瞬間から新たな主となったのだ。帆ノ香たちの。

あんなこと、いくら自分の祖父だからって、一度も会ったことのなかった人のためにできるだろうか。帆ノ香は、キーボードをたたきつづけている庵路をまじまじと見つめた。柴田さんがメールに書いていたように、顔だけが見た目じゃないというのなら、得体の知れない〈狐〉をあっさり受け入れられる庵路は、案外かっこいいのかもしれない。

自分たちのためにがんばってくれてもいることだし、つん、とするのはもうやめよう、と思ったところに、庵路が声をかけてきた。

「なんかいった？　帆ノ香」

「なんにもいってないでしょ！」

あっ、と思ったけれど、もう遅い。いつも通りに、つん、としてしまったあとだった。

レンタル契約

2

太田 誠

（男性）三十二歳

最初は、こんなやつ、と思っていた。ひょろひょろだし、ぼさぼさだし、眼鏡だし、と。

双子の妹は、あからさまに態度に出していたけれど、真問《まとい》はそんなことはしなかった。

ただ胸の内側でだけ、ふん、と思っていたのだけれど――。

「お、真問。もう起きてきたの？」

少し前までは、こんなやつ、だった庵路《あんじ》が、シンクの前から声をかけてきた。今朝も、自分たちの朝食を作ってくれている。

「帆《ほ》ノ香《か》は？　まだ？」

「起きてるよ、ほら」

ほら、と庵路が目線でさしたリビングのソファの上に、妹の帆ノ香がちょこんと座っていた。子狐《こぎつね》の姿で。

「なんでそっち？」

そう声をかけながら、キッチンを横切ってリビングに向かう。

「なんかきょうはだるいんだもん」

子狐の姿をした帆ノ香は、黄金色の毛を縁側からの朝日に輝かせながら、しなやかに伸びをした。無精《ぶしょう》して、声だけ人に化けている。

「砂羽哉《さわか》と呉波《くれは》は？」

レンタル契約 2
太田 誠（男性） 三十二歳

「砂羽哉は高田《たかだ》のおばあちゃんの運転手として出動中。呉波は、レンタル中のパソコンの操作でわからないところがあるからって、山下《やました》のおじいちゃんのところに呼ばれてる」

庵路がこの春からはじめたばかりのレンタルショップは、実質、砂羽哉と呉波で回っている。基本的に、庵路は大学のほうが忙しく、その合間をぬって店に出ている状態だ。

「あ、そうだ、真問。きょう、〈見た目〉のレンタル予約入ってるから」

「えっ、入ったの？」

「きのうの夜遅くにね。で、そのお客さまの担当、真問にお願いしようかなと思って」

「希望の〈見た目〉にオレがハマったの？」

なぜだか庵路は、すぐに返事をしない。

「庵路？」

「……うん、まあ、ハマったといえばハマった、のかな」

なんだその返事は、と思っていると、住居部分のリビングを通って出入りができるようになっている店舗のほうから、戸が引かれる音が聞こえてきた。

「庵路くーん、いるう？」

近所の槇原《まきはら》さんの声だ。気のいいおばさんで、畑で取れた野菜やら作りすぎたおかずやらを、しょっちゅう持ってきてくれている。

「あとはみそ汁、よそうだけだから。自分でやってね」

そういい残すと、庵路はそそくさと、住居部分との仕切りにしている簾《すだれ》をくぐって店のほうに出ていってしまった。


真問と帆ノ香が《化けの皮》のシフトに入るのは、週末が中心だ。体調次第では、週のまん中にも店に出ることはあるものの、それ以外は、人の姿にも化けず、子狐のまま自由気ままに過ごしている。そうやって妖力《ようりょく》を省エネしていないと、すぐにバテてしまうからだ。

住居兼店舗の裏手は雑木林になっていて、そこを抜ければもう山だし、周囲は田んぼでかこまれている。子狐がうろうろしている分には、たいして目立ちもしない。逆に、人の姿に化けているときのほうが問題だ。注目を浴びやすい。

「あっ、いるよ！　いるいる！」

「うわ、ホントにいた！」

「目撃情報、信じてよかったあ」

そうしていまも、ふらりと自転車でやってきたコンビニのカップ麺の棚の前で、真問は硬直している。棚の裏側で、真問が化けている姿と同年代の集団が、ひそめようとはしているけれどひそめきれていない声で、きゃあきゃあと騒いでいるからだ。

どういうわけか制服姿の女性の集団は、人間の姿をしているときの真問を異様に好む。誰かひとりに見つかると、SNSとかいう情報拡散システムのようなもので、すぐに居場所を知られてしまう。庵路にいわせると、『真問たちは見た目がいいからなあ』だそうだ。

つまり、人の姿に化けているときの自分と帆ノ香は、同年代の異性を問答無用で魅惑する存在だということらしい。

中身は化け狐なのに？

そう思うと、なんだか無性《むしょう》に真問はこわくなる。狐だって美しいものは好きだし、あなたは素敵だ、といわれるのはうれしいことだ。ただし、真問が美しいと思うものは、どろん、と別のなにかに化けてしまったりはしない。

もしも真問が、彼女たちの目の前で子狐の姿にもどってしまったら、いったいどんな反応をされるのだろう。そう考えると、彼女たちの無条件の好意が、真問にはひどくおそろしいもののような気がしてしょうがなかった。

きてしまった……。

いい感じの古民家カフェのような外観の前で、太田誠《おおたまこと》は、ただ呆然《ぼうぜん》と立ちつくしている。

まさか自分に、こんな勇気の出し方があるなんて、といまだに驚いているまっ最中だ。

たまたまネットで見つけたよろずレンタルショップの《化けの皮》には姉妹店があり、そちらでは〈見た目〉をレンタルすることができる、と知った瞬間、熱に浮かされたようにキーを打っていた。

——女装に耐えられる〈見た目〉をレンタルしたいです。

この戸を開いて店の中に入ってしまったら、自分はさっそく、女装をしたがっている男、という目で見られることになる。それがもう、誠にはこわい。そんな目で人から見られたことがないからだ。そもそも、自分の見た目が人からどう見られているのかは、ちゃんとわかっている。

太田 誠（男性）三十二歳

『太田さんって、くまさんみたーい』

合コンの場で、まっ先にいわれるセリフのひとつだ。女の子たちにとって、くまさんっぽい、という感想は、かっこよくはないけれど、安心できるタイプ、という意味を持つらしい。おかげで輪の中心になることも多く、このルックスで損をした、と思ったことは、社会人になってからはほとんどない。

そりゃあ思春期のころは、もう少しひげが薄ければ、とか、もっとすらっとした体型だったら、とか、あれこれと悩んだりもしたものだけど、社会に出た途端《とたん》、目が向く部分が変わった。仕事がちゃんとできていたり、他人とのコミュニケーションがうまく取れてさえいれば、まわりは評価してくれるものだということを、がつんと知ったからだ。

よし、と覚悟を決めて、戸に手をかける。開けようとしたそのとき、勝手に戸が動いた。戸の向こうから顔をのぞかせたのは、一瞬、女の子かと思うような可憐《かれん》な顔立ちをした男子高校生だ。誠の顔を見て、「おー」という表情をしている。誠は、はっとなった。いまの「おー」は、こいつが女装をしにきたやつか、の「おー」だろうか、と思った瞬間、顔から火が出た。

「ご予約いただいた太田さんですよね？」

男子高校生が、にこっと笑いかけてくる。

「あ、はい、そうです！」

「なかなか入ってこないから、どうしちゃったのかな、と思って」

玄関前でかたまっていたのを、ガラス戸越しに見られていたらしい。

「すみません、少し気持ちの整理を……」

開いた戸の向こうから、「太田さんだったあ？」と別の誰かの声がする。

「太田さんだったー」

目の前の男子高校生がそう応えながら、誠にちょいちょいと手招きをした。中へどうぞ、ということらしい。顔がきれいだと、少しばかり不遜《ふそん》とも思える態度もなんだか許せてしまうから不思議だ。誠は素直に、土間になっているスペースへと足を進めた。

「いらっしゃいませ。このたびは、ご予約いただきありがとうございます」

一枚板のカウンターの向こう側から、人のよさそうな若者がぺこりと頭をさげてくる。

「あ、どうも。太田です」

「店長の吾妻《あずま》です」

お互いにぺこぺこしながら、カウンターをはさんで向かい合った。

「さっそくですが、本日のレンタル契約の内容を確認させていただきますね」

パソコンを操作しはじめた吾妻氏のとなりに、最初に応対してくれた男子高校生がならぶ。詰め襟《えり》の制服が、よく似合っていた。

「女装に耐えられる〈見た目〉をご希望とのことなのですが、ほかになにか追加のリクエストなどはございませんか？」

「いえ、特には」

「それでは、こちらの〈見た目〉はいかがでしょうか」

こちらの、といいながら、吾妻氏は、となりにならんだ男子高校生を目線でさした。

「真問といいます」

ぺこっ、と男子高校生がお辞儀《じぎ》をする。

「あ、はい……えー、そちらの……えっと、真問くんの見た目をお借りする、と」

「おいやでなければ」

「いえいえ、真問くんの見た目にはなんの問題もありませんが……え？ どうやって真問くんの見た目を？」

戸惑う誠に向かって、吾妻氏は、「あ、そうだ」とほがらかにいった。

「先に女装させてから、お貸ししたほうがいいですよね？」

誠は思った。いやそれ、答えになってないから、と。

どんな美少年でも、やっぱり女装してるってわかるものなんだなあ……。

それが、真問少年の〈見た目〉をレンタルしてみて最初に誠が思ったことだった。

真問少年の顔は、本当によくできている。憂《うれ》いを帯びた大きな目に、通った鼻筋、小さめの色の薄いくちびる、華奢《きゃしゃ》なあご先。俗にいう女性的なその顔立ちには、さぞかしお母さんは美人なんでしょうね、と思わずにはいられないほどだ。体だって、成長期ならではの線の細さがあって、ウエストなんかは誠のふとももの太さと変わらないように見える。

それでも、誠が用意してきた衣装――セミロングのウィッグに、淡いピンクのブラウスと白いプリーツスカート、ベージュのショートブーツだ――に身を包んだその姿には、どことなく違和感があった。

「真問くんのルックスでも、こうなるかー」

うっかり声に出してしまった誠のつぶやきに、となりにいた真問少年が、「いまいちってこと？」と即座《そくざ》に反応する。のぞきこんできたその顔は、我ながら、くまさんっぽい。

「え？　あ、いやいや、いまいちとかそういうことじゃなくてね……」

「思ってたほどにはならなかったってことでしょ？」

どう説明すればいいのだろう、この違和感を。この違和感こそが、いまの自分がどうにかしたいと思っているものだということはわかっている。わかっているのに、どうにもできない。だから、思いきってレンタルしてみたのだ。女装に耐えられる〈見た目〉を。

　身をもって体験してみたかった。自分の見た目では忘年会の出しものにしかならない女装を、それが似合うであろう顔と体で。

「……ま、太田さんがいいならいいけど。で、誰と待ち合わせしてるんだっけ？」

「えっと、ミキさんっていう女の人」

「女の人なの？　女装して会うのに」

　真問少年が、よくわからない、という顔をしている。誠はあわてて、補足した。
「同じ映画監督を好きな人たちが集まるグループがあって、そこで知り合った人なんだ。

会うのはきょうがはじめてで、オレが実は男だっていうことは、まだ伝えてなくって」

「ふうん……そうなんだ。じゃあ、太田さんの姿をしたオレは、どうしてればいい？」

「一定の距離を保ってれば、ぴったりそばにいなくてもいいんだよね？　だったら、他人のふりをしててもらえるかな」

なにをどうしたものか、店長の吾妻氏の呪文《じゅもん》のようなものを目を閉じて聞いた直後、誠は真問少年になっていた。真問少年は誠に、だ。そして、一定の距離を保ちつつ行動をともにすることが契約条件のひとつだったため、いまは真問少年とつれだって、初対面の女性との待ち合わせ場所に向かっている。

駅前の大型書店の前に、それらしき女性を見つけた。ボーダーのトップスに、トレンチコート。黒縁の眼鏡もかけている。ミキさんだ。誠は、ぎくしゃくと近づいていった。

「あの、ミキさんですよね」

声もちゃんと、美少年のそれになっている。とはいえ、女の子の声ではない。

「え、はい……ミキ、ですけど……」

レンズの奥の目が、「あれ？」とつぶやいているのがわかる。この子、なんかおかしくない？　女の子のはずだよね、と。

胸の奥が、きゅうっ、と窮屈《きゅうくつ》になった。

レンタル契約 2
太田 誠（男性） 三十二歳

「マコト、です」

「はあ……あー、ちょっとごめんなさい」

なぜだかミキさんは、いきなりコートのポケットからスマホを取り出すと、口もとに近づけながら誠に背中を向けた。そのまま歩き出してしまう。え？　え？　と思っているうちに、見る間にその背中は遠ざかっていった。

電話に出るふりをして、立ち去ってしまったのか——そう気がついた瞬間、誠は、ひざから力が抜けたようになった。

「あぶなっ……だいじょうぶ？　太田さん」

ひざから落ちる、と察知したのか、駆《か》け寄ってきた真問少年が手を出して体を支えてくれた。間近に迫ったその顔は、やっぱりくまさんっぽい。怒ったように、真問少年がいう。

「なにあれ」

誠は、ふう、と大きく深呼吸をした。

「仕方ない。黙って会おうとしたんだから」

「女装してるって？」

真問少年に抱えられたまま、こく、とうなずく。すぐ横を通りすぎていった中年女性が、いぶかしそうな顔をしていた。あからさまに未成年と思われる女装少年と、三十路《みそじ》の男が身を寄せ合っているのだ。どんな目で見られても、不思議はなかった。

「案外、世の中はやさしいんだなって思えるのを期待してたんだけど……」

じわりと、視界がにじむ。

「あいつ……こんなのに耐えられるのかな」


涙を流しはじめた自分――の姿をした太田さんをつれて、真間は店へともどった。

おかえりなさ……までいったところで、庵路が顔色を変えて、カウンターの向こうから飛び出してくる。どうしたの？　と目でたずねられても、うまく答えられない。

庵路はすぐに、真間と太田さんの〈入れ替え〉をした。ほんの数秒で、真間はもとの男子高校生の姿にもどったものの、女装はそのままだ。とりあえず、ウィッグだけ取る。

庵路は、太田さんを住居部分のリビングへと案内した。ならんでソファに座っていた砂羽哉と呉波が、びっくりした顔をしている。その足もとには、子狐のままの帆ノ香もいた。

「ちょっとごめん。落ち着くまで、こっちで休んでいってもらおうと思って」

庵路がそういって、太田さんをソファに座らせる。入れ替わりに、砂羽哉が立ちあがっ

レンタル契約 2
太田 誠（男性） 三十二歳

た。お茶を出すためだろう。

　ゆるやかなUの形をしたソファはかなりの大型で、七、八人は余裕で座れる。リサイクルショップで、安く買ってきたものだ。Uのまん中辺りには呉波たちがいたので、太田さんと真問は、その少し手前に座った。庵路は反対側に回りこんだので、真問たちとは向かい合うかっこうだ。太田さんはまだ、タオル地のハンカチを両目に押し当てている。

「かわいいハンカチですね」

　おっとりと庵路がそういうと、太田さんはやっとハンカチを持つ手をおろして、「弟からのプレゼントで」とうれしそうに答えた。

「歳《とし》の離れた弟で、ぼくより十二歳下です。素直ないい子で、まさかと思うような国立大学にも現役合格して、両親にとっても、ぼくにとっても、自慢の弟だったんですが……」

　太田さんは、続けて語った。ある日、ひとり暮らしをしているその弟から呼び出され、兄さんにだけは知っておいてもらいたい、とはじめたばかりの女装を打ち明けられたことを。女性になりたいのではなく、ただ女装をする男性として生きていきたいだけなのだと説明されて、ひどく混乱してしまったことも。

「……なにをどう答えたのか、さっぱり覚えてないんです。また連絡するから、とだけいい残して、逃げるように帰ってきてしまったこと以外」

「じゃあ、太田さんが女装をしたかったわけじゃないってこと？」

真問の問いかけに、太田さんはうなずく。

「残念なことに、ぼくじゃないんです。これから先、あんな目に遭《あ》うかもしれないのは」

庵路が、「あんな目って？」と真問にきいたので、説明した。その途中、砂羽哉がもどってきて、真問のとなりに腰かけながら、ふたり分の紅茶をテーブルの上に置く。

話し終えた真問に、ふむふむ、と庵路がうなずいた。つづけて太田さんが話し出す。

「性の多様化については、むかしよりずっと理解が進んでいるとは思うんです。だから、期待もありました。ぼくが心配しすぎているだけなのかもしれない、と。弟は、真問くんほどではありませんが、かわいい顔をしてるんです。女装もきっと似合うでしょう。それでも、奇妙なものを見る目を向けられるんじゃないかと思うと心配で……」

せいのたようか？　と真問が首をかしげていると、「あとで説明してやるから」と砂羽哉が耳打ちしてきた。まだ習っていない、人間たちのルールのことらしい。

それはともかく、真問は思った。やっぱりそうか、と。見た目は女性のかっこうをしているのに、中身は男、というだけで、見る目の変わる人間はいるらしい。だったら、見た目は男子高校生なのに、中身は化け狐、だったら？　そんなことを考えていると、相変わらず緊張感のない庵路の声が聞こえてきた。

レンタル契約 2
太田 誠（男性）三十二歳

「弟さんはきっと、百も承知ですよ」

紅茶のカップを手に取ろうとしていた太田さんが、「え？」と顔をあげる。庵路は、にこにこしながらつづけた。

「百も承知だし、それでもやる、と決めた。で、お兄さんにだけは、と打ち明けた。そして、そのお兄さんは、わざわざ〈見た目〉のレンタルまでして、弟さんの気持ちを疑似《ぎじ》体験しようとした……無敵です、弟さんは」

「無敵、ですか？」

「そうですよー。だって、太田さんは全力で弟さんをわかろうとしてるんですから。ひとりいればいいんです、そんな人は」


少しだけほっとした顔をして帰っていった太田さんを見送ったあと。

真問は砂羽哉から、〈せいのたようか〉について教わった。大体、理解はできたと思う。

夕飯の準備をはじめた庵路の薄い背中を、ふっと見やる。園路《そのじ》なきいま、見た目と中身のちがう真問を正しく知る、ただひとりの人間の背中だ。たよりないのにたのもしい、おかしな背中だと、真問はひそかに笑った。

レンタル契約

3

小野哲也

（男性）十六歳

無性に、園路《そのじ》が恋しくなることがある。

化《ば》け狐《ぎつね》として長く生きてきた中で、いまだに園路と暮らした数十年ほど、しあわせな日々はなかった、と思う。

呉波《くれは》は、庵路《あんじ》に持たされた弁当を食べながら、のん気をそのまま絵にしたようなあの顔を思い出してみた。切れ味するどい刃のようなところがあった園路とは、似ても似つかない顔つきをしている。本当に血のつながった孫なのかと疑ったこともあるくらいだが、まちがいなく庵路は園路の孫だ。そうでなければ、〈狐〉を受け入れることはできないのだから。

「おーい、呉波くん、そろそろ再開するよー」

はっと我に返り、「はい」と返事をする。

庭の手入れに必要な大型脚立を届けにきただけのつもりが、刈りこみ作業の手伝いまでさせられていた。それも、あのおっとり坊やが、「なんでもいってくださいねー」などと安請《やすう》け合《あ》いをするせいだ。

いまでも呉波の中には、人間を信じきれない気持ちが残っている。むかしのように、人里を離れて暮らせるものなら、という思いだって、気を抜くとすぐに、ゆらりと漂い出す。

それでも――、

レンタル契約 3
小野哲也（男性）十六歳

「いやあ、高いところだけは苦手でねえ。本当に助かるよ。ありがとうねえ、呉波くん」

年を重ねたしわくちゃの顔でこんなふうに飾り気なく話しかけられると、ただそれだけで、頭の中にかかった靄《もや》も、あっさりと晴れてしまう。ずいぶんと単純になったものだと、呉波は思わず、笑いをかみ殺した。

「……あそこの出っぱったとこ？」

「そうそう、あそこ。整えてくれる？　脚立、揺れないように下で押さえとくからね」

ふと、砂羽哉《さわか》のことを考えた。あいつはどうなのだろう、と。

園路を裏切った者の家に、ためらいもなく火をつけた砂羽哉の横顔を思い出す。赤々と燃えていたあの横顔には、人間に対する憎悪《ぞうお》ばかりが、べたりと張りついていた。

あの横顔を、いまだに呉波は夢に見ることがある。


店にもどると、客がいた。

制服を着た十代半ばの少年だ。玄関に背中を向けて、カウンターの前につっ立っている。

カウンターの内側には砂羽哉がいて、なにやらこまった様子で胸の前で腕を組んでいた。

「なにか問題でも？」と声をかけながら、カウンターの内側に回りこむ。客の少年の顔に、ちらりと目をやった。小さくて黒目がちな目が、インコを思わせる。似ていた。かつて園路を裏切った人間の顔に。

「予約をいま入れたい、といわれていて」

どっちの？　と呉波が目で確かめると、砂羽哉も目だけで、『あっちの』と答えた。

「申し訳ありませんが、姉妹店の予約はオンラインでしか受けつけていないんです」

「どういう理由でそうしてるんですか？」

気弱そうな顔つきをしているくせに、意外とねばる。いっそ断りたいが、庵路の判断を仰ぐことなく、客をえり好みすることはできない。砂羽哉に代わって、呉波が答えた。

「店長のスケジュールと照らし合わせる必要があるんですよ。姉妹店のレンタル業務はすべて、店長の担当になっているので」

「店長さんじゃないと、貸し出せないっていうことですか？　その……〈見た目〉を」

「そういうことです」

狐使いの血筋を引く庵路は、使役《しえき》する化け狐の妖力《ようりょく》を、自身の体内に取りこむことができる。その妖力を用いて〈入れ替え〉をし、〈見た目〉をレンタルしているのだ。呉波たちは、自ら〈入れ替え〉をすることはできない。それができるのは、狐使いだけだ。

「わかりました……くるまで待ちます。どうしてもきょう、借りたいんで」

レンタル契約 3
小野哲也（男性） 十六歳

そういってスツールに腰をおろした少年に、呉波はそっと、目をすがめる。やはり似ている、と思った。最初はあの男も、このくらいおとなしく、害のなさそうな印象だったのだ。化けているいまはつるりとした人間の肌に、目には見えない毛が逆立ったような感覚が襲う。こんなとき、思い出すのはあのときの庵路の顔だ。

『いっしょにきてくれ』

玄関の扉を開けるなり、見知らぬ男たちからいきなりそんなことをいわれ、きょとんとしていた庵路。

『あんたが必要だ。園路が待ってる』

そんな最低限の説明をしただけで、庵路はすぐに、いきます、と顔つきを変えた。そのときの顔は、園路によく似ていたような気がする。あのとき心に決めたのだ。この新たな主《あるじ》に仇《あだ》なす者があらわれたなら、今度こそ迷うことなく、のどを食いちぎってやるのだと。

気がつくと呉波は、少年の白いのどだけを凝視《ぎょうし》していた。その首は細く、のどの辺りはまだ幼い子どものように、つるりとしていた。

「わー、ごめんごめん！　遅くなって」

どんな中年男性があらわれるんだろう、と思っていたら、さえない大学生みたいな男の人が、カウンターの内側に回りこんできた。

小野哲也《おのてつや》は、ぺこ、ぺこ、と小さく会釈《えしゃく》しながら、肩で息をしているその人を観察する。寝ぐせなのか、そういうヘアアレンジなのか、全体的に髪がぼさぼさしていて、着ているボーダーの首もよれよれだ。どう見ても、最初に応対してくれた店員や、あとからきた黒ずくめの店員のほうが、立派な大人に見える。しかも、どちらもやけに洗練されていて、こんなところにいるのがもったいないくらいだった。

「お待たせしてすみませんでした。ご連絡いただいた店長の吾妻《あずま》です。〈見た目〉のレンタルをご希望とのことですが」

「あ、はい。かっこいい大人の男の人の〈見た目〉をお願いします」

「なるほど、わかりました。えっと、料金などはサイトでご確認済みですか？」

もちろんだ。哲也は、こくりとうなずいた。サイトに書かれていた説明は暗記するほど読みこんだし、貯《た》めていたお年玉もちゃんと引き出してから、ここにきている。

「では、こちらの〈見た目〉でどうでしょう」

そういって店長が、黒ずくめの店員のほうに視線を向けた。つられたように哲也もその

レンタル契約 3
小野哲也（男性） 十六歳

顔を見る。印象的な切れ長の目が、じっとこちらを見ていた。あわてて目をそらす。もともと、こんな感じの〈見た目〉が借りられたら、と思っていたので、なんの問題もない。

かまいません、と哲也が答えると、店長はにこやかに、「でしたら、お手続きに入らせていただきますねー」といいながら、カウンターの内側から出てきた。

うながされるまま、黒ずくめの店員と背中合わせになる。目を閉じるよう指示されたあと、呪文《じゅもん》のようなものを唱える声が聞こえてきた。「はい」と軽く肩をたたかれ、目を開ける。いつのまにか目の前に、姿見が置かれていた。ついさっきまで背中合わせになっていたはずの相手が、そこには映っている。そのとなりには、見なれた自分の顔だ。小さくて白目の少ない、魅力なんてものはまるでない地味な目。鏡越しに、その目と目が合う。

思わず、わ、と声をあげそうになった。

目的の場所である駅前のファストフード店へと急ぐ。この時間なら、必ずやつらはいるはずだ。いつものように、大騒ぎしながら。

いまは哲也の姿をしている《化けの皮》の店員――呉波というらしい――が、少しうしろをついてきている。〈見た目〉をレンタルしているあいだは、この店員と行動をともにしなければならなかった。それが契約条件のひとつだったので、仕方なく受け入れている。

それにしても、なにがどうなって自分たちの〈見た目〉が入れ替わったのか、哲也にはさっぱりわかっていない。不思議なことに、その仕組みがわからないことがたいして気になっていなかった。いまはただ、早くやつらの顔が見たくてしょうがない。

この〈見た目〉を目の前にして、どんな様子を見せるのか。

『あいつ、うざくない？』

『わかるー、ちらちらこっち見てるよね』

『なんか文句でもあんのかな』

『前にいたよね、「うるさいんですけど、もうちょっと静かにしてもらえませんか」とかっていってきたおばさん』

『いたいた。無視してやったけど』

『かっこいい人の話だったら聞いてあげてもいいかもだけどねー』

レンタル契約 3
小野哲也（男性） 十六歳

『おとなしく聞いちゃうよね、それなら』

塾のせまい自習室が苦手な哲也は、代わりに駅前のファストフード店で予習をしてから、塾へいっている。その時間帯に、いつからかあらわれるようになった女子高生の集団。わめくようにおしゃべりをするので、哲也以外の客もしかめ面をしている。店を変えたくても、こづかいに限りのある哲也にはそれも難しいし、学校から塾へのルート上には図書館もない。我慢の限界だった。

もしも自分が、うざい、と評されるような見た目ではなく、あからさまに〈かっこいい人〉だったら、毅然《きぜん》と注意ができる。やつらも、それならおとなしく聞き入れる、といっていた。ならば、と〈見た目〉を借りたのだ。

よし、と哲也は深呼吸をした。店はもう目の前だ。自分はこれから、女子高生たちが一目置くような〈かっこいい人〉の〈見た目〉で、やつらの前に立つ。女子高生たちはきっと浮き立つだろう。そこに、正論をぶつけてやるのだ。少しはまわりの迷惑も考えてくれないか、いくらファストフード店でも、最低限のマナーというものはあるだろう、と。

恥ずかしさのあまり、やつらはうなだれるしかなくなるはずだ。その顔が、早く見たかった。

いつものポテトとドリンクを買って、二階へとあがる。

窓際のカウンター席へと向かう途中、耳をふさぎたくなるような甲高《かんだか》い笑い声がフロア中に響き渡った。やつらだ。いつものように中央の広いテーブル席を陣取って、それぞれのスマートフォンを手に盛りあがっている。やつらのひとりが、ちらっと哲也のほうを見た。かまわず哲也は窓際の席へと腰をおろす。騒《さわ》ぎっぷりが最高潮になったときに、ここぞとばかりに出ていくつもりだった。

やつらがなにやら、顔を寄せ合ってこそこそとやっている。あの人かっこいいね、といい合っているのかもしれない。いいぞ、盛りあがるだけ盛りあがってくれ。そのあとで落とされたほうが、奈落《ならく》は深いはずだ。

哲也は、夕暮れどきの窓にうっすらと映るいまの自分と向かい合った。なんてきれいな顔の形をしているのだろう、と思う。もともと小さな顔が、ほどよく広い肩の上に乗っかっているせいで、ますます小さく見えた。

中高一貫の男子校でぬくぬくと育った哲也には、見た目が重要だと感じる場面に遭遇《そうぐう》したことがほとんどなかった。友人たちと駅前をぶらついていたとき、通りすがりの他校の女の子たちからうっとうしそうな視線を向けられて、ああ、自分たちはイケてないんだな、と思うことがあったくらいだ。それでも、自分たちには得意な科目がいくつもあって、将

レンタル契約 3
小野哲也（男性） 十六歳

来の展望だってしっかりとある、という確固たるベースのようなものがあったおかげで、ぐらぐらすることはなかったように思う。

哲也が〈かっこいい人〉の見た目を欲した理由は、本当にただ、あのはた迷惑な女子高生たちを黙らせたい一心からだった。

えーっ、なにそれえ！　とやつらの中からひときわ大きな声があがる。窓に映っているほかの客たちが、いっせいにやつらのほうに顔を向けていた。

よし、いまだ、と哲也は席を立つ。いつもより少ない歩数ですたすたと店内を横切っていく。いざ向き合うと思ったら、びっくりするくらい心臓が暴れ出していた。なんとか呼吸を整える。最後に大きく深呼吸をしてから、全部で六人いる女子高生たちのテーブル席のすぐそばに立った。

「え？　え？　なに？」

「知り合い？　えっ？　誰か知り合い？」

色めき立った様子で、こちらを見上げている。なぜだか急に、おかしな空気の吸い方をしてしまった。激しくせきこむ。途端《とたん》に、やつらの態度が変わった。

「……え？　なに？」

「ちょっと、やだ、こわいんですけど」

きゅうっと心臓が縮みあがったようになってしまう。簡単に人を馬鹿にできる相手を目の前にすることが、こんなにこわいことだったなんて、とあとじさりそうになった。

そのときだ。

「あのさ」

本来の哲也の見た目をした《化けの皮》の店員——呉波が、いきなり哲也のとなりにやってきて、やつらに向かっていった。

「もう少し静かにしゃべったほうがいいんじゃないかな。迷惑に思ってる人が店中にいるみたいだから」

見た目も声も自分そのものなのに、話し方がやけにかっこいい。すっと背筋の伸びた姿勢のせいか、心なしかスタイルもよく見えた。

やつらは、ひと言も言葉を発しないまま、呉波の顔を見ている。〈かっこいい人〉でもなんでもない、本来の哲也の顔を。

「よければちょっと考えてみて」

最後に呉波はそういって、やっとせきのおさまった哲也の背中をそっと押しながら、カウンター席に向かって歩き出した。きっとやつらは、こそこそと笑っているにちがいない。なにあの人、見た目はいいのにキモくなかった？　だとか、あとから出てきたやつも、あの見た目でなんかえらそうなことといってたよね、きっしょ！　だとか。考えただけで、背中がちりちりと焦げついたようになった。

うなだれたまま椅子に腰をおろした哲也に、呉波がこそっと声をかけてくる。

「――というようなことをいいたかったのかと思ったから、代わりにいってみたんだが」

哲也は首を折ったまま、うんうん、とうなずいた。確かに、いいたかったことは全部、呉波がいってくれた。ただし、その見た目は〈かっこいい人〉でもなんでもない、いつもの自分のままだ。それじゃあ、意味がない。いつかのおばさんの苦言《くげん》と同じで、やつらにはなんの影響も与えないに決まっている。あまりに自分が滑稽《こっけい》で、哀れで、眼球の表面にじわりと涙の膜がふくれあがってきた。

「あのー」

不意に、背後から声をかけられた。ふり向いた途端、ぎょっとなる。やつらだった。

小野哲也がやりたかったことを理解した瞬間、呉波の中にあった強い警戒心は、あっけなく消えてなくなっていた。そうか、この子どもは、ただいいたいことをきちんといいたかっただけなのか、と。

　なにかよくないことでも考えているんじゃないかと深読みしてしまったのは、その顔が呉波にとって、過去に出会った許せない人間によく似ていたからだ。ただ、それだけだった。あまりにも一方的で、根拠のない思いこみだったのだ。

　気づいた途端、せっかくレンタルした〈見た目〉でも、いいたいことがうまくいえなかった哲也があまりに哀《あわ》れに思えてきて、なにかしてやりたくてしょうがなくなった。代弁する以外にはなにも思いつかなかったのだが、本当にあれでよかったのだろうか。

「よかったよね、本当に」

　まるで呉波の頭の中をのぞいたようなタイミングで、庵路がいった。すでに哲也は帰ったあとで、店じまいも終えている。いまは庵路と呉波のふたりで、最後の点検をしているところだった。

「よかった……って、なにが？」

「その女子高生たち、『そんなにうるさかった？　ごめんね』っていいにきたんでしょ。『教室だといつもこんな感じだから』って」

「ああ、『気をつけるね、これからは』ともいっていた。妙に神妙《しんみょう》な様子だったな」

　庵路が、ふっと笑う。

「わかるような気がするなあ。小野くんの話だと、前に注意したおばさんのことは、無視したんだったよね、確か。きっとさ、大人じゃなくて、同じ年代のちゃんとした子にいわれたからこそ、こたえたんじゃないのかな」

「哲也がいうには、〈かっこいい人〉のいうことなら聞くっていってたのを聞いて、〈見た目〉をレンタルしたって話だったけどな」

「もちろん、〈かっこいい人〉のままだったら、反応はちがったのかもしれないけど、せきこんだりして、ちょっと不審な人になっちゃったんでしょ。それに、その子たちにとってはさ、〈かっこいい人〉の苦言よりもさらに重みがあるのは、自分たちと同じ高校生でしっかりしてる子の、堂々とした苦言のほうだったんじゃない？」

庵路のいっていることは、わかるような、わからないような、だった。それというのも、哲也がこんなことをいっていたからだ。

『オレのほうこそ、彼女たちを馬鹿にしてたのかもしれないです。あんなばか騒ぎするような連中なんだから、かっこいいか、かっこよくないかは、見た目だけで判断するにちがいないって思いこんでたんですよね』

だとしたら、哲也は〈見た目〉をレンタルする必要なんかはなかった、ということだ。ただ堂々と、自分の言葉で思ったままを伝えていればよかっただけで。

「まあ、それでも小野くんにとっては、きっかけは必要だったんだよ。今回の行動を起こすためのね。その役に立てたのなら、本当によかった。〈見た目〉をレンタルしている者として、こんなうれしいことはないよね」

庵路は常々いっている。客商売をやっている以上、どんなお客さんでも受け入れなくてはいけない、と。前にもいたのだ。ちょっといやな気配のする客が。そのときは、砂羽哉が、あいつは断ろう、と庵路にいい、即座《そくざ》に却下《きゃっか》されている。

『いやな気配、は理由にならないよ、砂羽哉。うちはただのレンタルショップなんだから。料金をちゃんと支払ってくれて、契約条件ものんでくれるんだったら、どんな人でもお客さんとして受け入れなくちゃ』

『のちのちおまえの害になるかもしれない人間だとしても？』

『だとしても』

『よくわからない。どうしてそうなる？』

『それがルールだから。店側もお客さんも、お互いにルールを守るからこそ成り立つものなんだよ、客商売って。だから、いやな気配がする、を理由に、お客さんを拒《こば》んだりはできないの』

それだけの覚悟を持って、庵路は見た目レンタルショップ《化けの皮》をやっているのだ。

今回は呉波のただの思いこみで、哲也によくない印象を持っただけだった。もしかするとこの先は、ただの思いこみでは終わらない客もやってくるのかもしれない。それでもやっぱり、庵路はその客を拒みはしないだろう。ならば、自分たちがしっかりと護《まも》ってやればいいだけだ。このおっとりとした主を。

庵路が急に、「あっ」と大きな声を出した。

「コンビニに自転車置いて帰ってきちゃった！」

取りにいってくる、といって飛び出していった庵路を、やれやれ、と呉波は見送った。

レンタル契約

4

沢口友梨

（女性）十一歳

夜中、砂羽哉《さわか》はふと目を覚まし、となりで寝ている呉波《くれは》の寝息を確かめた。ぐっすりと眠っているようだ。ほっとする。

それから、反対側のとなりを見た。子狐《こぎつね》の姿でくっつくようにして寝入っている真問《まとい》と帆ノ香《ほのか》が、そこにはいる。よほどのことがない限り、砂羽哉たちは就寝時にも人間の姿のままだが、妖力《ようりょく》がまだ充分には満ちていない真問と帆ノ香は、こまめに本来の姿にもどる必要があった。

いまはもう遠い、あの日を思い出す。

園路《そのじ》を裏切った人間たちへの、抑えがたい怒りをそのまま紅蓮《ぐれん》の炎に変え、やつらの家を燃やしたあの日。

燃え盛る家をあとにし、園路とともに山を目指して歩きはじめたとき、よろよろとうしろをついてくる二匹の子狐に気がついた。見れば、毛の表面が焼けこげている。あの火事に巻きこまれたことは、一目瞭然《りょうぜん》だった。園路はすぐさま二匹の手当てをはじめ、砂羽哉たちにはこう命じた。決して死なせないように、と。

園路が新たにかまえた山中の居《きょ》で、子狐たちの回復を待った。化け狐のそばに長くいれば、どんな狐でも徐々に妖力を蓄えていくようになる。少しでも早く自分たちのもとから離してやらなければ、とかいがいしく世話を焼いたのがいけなかったのか――。

沢口友梨（女性） 十一歳

ころん、と転がるようにして、帆ノ香が砂羽哉の布団の中に入ってくる。鼻を鳴らしながら砂羽哉の肩口にくっついて、離れない。

回復を待つうちに、すっかりなつかれてしまっていた。とても追い出せる状況ではなくなり、いまにいたっている。本当は、化け狐になどさせたくはなかった。ただの狐として、自由気ままな暮らしを送らせたかった。いまとなっては、叶《かな》わぬ願いだ。

帆ノ香のやわらかな毛の感触にほおをくすぐられながら、砂羽哉はそっと目を閉じた。

いつのまに、こんなに背負うものが増えていたのだろう、と思いながら。

不意に、こわくなった。園路だけだったあのころより、自分はちゃんと強くなれているのだろうか、と。あのころだって、園路すら護《まも》りきれなかった。人間たちのずる賢さに気づくことができず、主《あるじ》である園路の命を危機にさらしてしまっている。

特異な力を持つがゆえに、狐使いは強欲な者たちに目をつけられ、利用されやすい。それなのに、新たな主である庵路《あんじ》は、どこからどう見てもお人よしで、はかりごとが苦手そうな若者だ。

その上いまは、真問と帆ノ香もいる。呉波にしたって、根がやさしすぎるところがある。妖力の強さは自分にも勝るとも劣らずなのに、いざというときに非情になりきれないのは、弱点といってもいいだろう。

その分も、自分は強くなければならない。いま背負っているものを、丸ごと全部、護れるほどに強く。


「眠そうだね、砂羽哉」

リビングに顔を出すなり、庵路がそう声をかけてきた。いつものように、朝食と弁当の支度《したく》をしている。キッチンからは、みそ汁のいいにおいが漂ってきていた。

「寝れなかったの？」

「おまえのいびきがうるさかった」

「うそ！　オレ、いびきかいてるの？」

庵路と砂羽哉たちの寝室はとなり合っていて、あいだを仕切っているのはふすまだけだ。どちらの物音も、それなりによく聞こえる。が、庵路のいびきをきいたことはなかった。

「ねえねえ、そんなにひどいの？」

食器棚から皿を出し、ダイニングテーブルにならべていきながら、砂羽哉はわざと返事をしない。庵路は、「えー、やだなあ、オレ、いびきかくのかあ」とぶつぶついっている。

園路には、こんな軽口をきいたことはなかった。切っても切れない絆《きずな》はあったものの、

レンタル契約 4
沢口友梨（女性）十一歳

圧倒的に園路は主であり、自分たちは従う者たちだったからだ。

庵路には、その自覚がまだあまりないようだった。自分たちを、まるでただの同居人兼仕事仲間のように思っている節がある。

「そうだ。きょうってあっちのお客さん、入ってたよね。あれって、砂羽哉にお願いしてもいいかな？」

あっちの、といえば、姉妹店のほうの予約のことだ。

「希望の〈見た目〉はどうなってた？」

「えっとね、ちゃんとした大人の女の人ならどんな人でもいいですって書いてあった」

確かにその希望では、真問と帆ノ香には担当させられない。あのふたりはまだ、本来の年齢の自分をそのまま人間の姿に置き換えることしかできないからだ。七変化《しちへんげ》ができるのは、大化け狐である砂羽哉と呉波だけだった。


バスに乗るとき、決まって運転手さんには二度見をされる。子ども料金なのに、見た目がそうじゃないからだ。

沢口友梨《さわぐちゆり》は、校内では胸につけている小学校の名札を、ポケットから出して運転手さんに見せた。名前の上に、五年二組とはっきり明記されている。ばつが悪そうに運転手さんが目をそらすのを確かめてから、友梨はうしろの乗降口近くの席に腰をおろした。

三十分ほどで、〈見た目〉のレンタルを予約したお店の、最寄りのバス停につくはずだった。市街地に住んでいる友梨には、まったくなじみのない場所だ。不安な気持ちがないわけではない。なにせ、いつもとは逆のことをこれからしようとしているのだから。

『十六歳です。身分証はこれです』

ちゃんといえるだろうか……。

戸を横に引いて中に入ろうとした瞬間、きゃっ、と悲鳴をあげてしまった。足もとを、黄金色のなにかがすり抜けていったのだ。あわててふり返ると、ふわふわの尻尾《しっぽ》を揺らしながら駆《か》けていく、子狐のうしろ姿が見えた。

「ごめんなさい、うちの子が驚かせちゃって！」

間近に聞こえた声に、正面へと向き直った。途端《とたん》に、友梨は二度目の悲鳴をあげる。ぼさぼさ頭のお兄さんが、すぐ目の前にあらわれていたからだ。

レンタル契約 4
沢口友梨（女性） 十一歳

「わっ、わっ、何度も驚かせてすみません！」

華奢《きゃしゃ》な眼鏡の奥の目が、とてもやさしげだ。友梨は、この人なら、と少しだけほっとしながら、用意してきた身分証の名前を名乗った。

「予約していた〈伊藤留璃子《いとうるりこ》〉です」

「あ、はい。伊藤さんですね。どうぞどうぞ」

土間のスペースの奥にあったカウンターの前へと、案内された。ちょこんと椅子に腰をおろす。

「はじめまして。店長の吾妻《あずま》です」

ぼさぼさ頭のお兄さんは、カウンターの内側に回りこんでから、にこやかに挨拶《あいさつ》をした。

「えっと、伊藤さんは十六歳……ですか？」

やさしそうな人だと安心していたのに、いきなり疑われてしまった。いったん深呼吸をしてから、用意してきた身分証を出す。

「はい。高校一年生です」

身分証は、いつも通っている図書館で拾った。落とすところを見ていたので、顔見知りのおとなしそうなお姉さんのものだとわかっていたけれど、ちょっとだけ借りておくことにしたのだ。もちろん、すぐに返すつもりでいる。どうしても、十六歳の身分がほしかった。いまいる、この見た目レンタルショップ《化けの皮》のお客さんになるために。

友梨の見た目は、高校生でも通用するくらい大人っぽい。背なんか、五年生で一番高いくらいだ。それでも友梨はまだ十一歳で、このお店の利用条件の項目には、十五歳以上、と記されていた。

料金は、目が飛び出るほど高くはなかったものの、友梨がこれまでこつこつと貯《た》めてきた親戚《しんせき》からのお年玉やおこづかいを合わせても、やっと足りたくらいだった。これで、お母さんがまた何日も帰ってこなくなったとき、腹ぺこで過ごす日々に耐えなくてはならなくなる。

それでもいい、と思えるほど、いまの友梨は、大人の見た目がほしかった。

吾妻と名乗った店長さんが、じっと友梨の顔を見ている。身分証は塾のもので、写真は貼付《ちょうふ》されていなかった。顔を見比べることはできないはずだ。それなのに店長さんは、じいっと友梨を見ている。

「ひとつだけ、おききしてもいいですか？」

「あ、はい」

「いただいたメッセージでは、『ちゃんとした大人の女の人ならどんな人でもいいです』とのことでしたが、その〈見た目〉でなければいけない理由って、なにかありますか？」

沢口友梨（女性） 十一歳

「あります」

「教えていただくことはできませんか」

「教えないと貸してもらえないんですか？」

「いえいえ、基本的にはお貸しした〈見た目〉で犯罪行為をされるのでなければ、ご自由に使ってもらっていいことになっています」

「だったら……」

「教えたくない、ですか？」

「……はい」

どうせ話したところで、だったら代わりにぼくがそれをしてあげますよ、だなんていってもらえるわけがない。

大人なんて、赤の他人のことには無関心だ。なかにはやさしい人もいるけれど、問題が難しくなってくると、自分はここまで、と波が引くように去っていってしまう。そんな人たちを、友梨はたくさん知っていた。

念のため、インターフォンを鳴らしてみた。応答はない。よし、と思う。いまなら母親はいない。部屋にはあの子だけだ。

警察を呼ぶならいましかない、と友梨は覚悟を決める。急いでアパートの裏手に回ると、窓のはしっこに石をぶつけて小さく割った。すぐに、近くの交番に向かって走り出す。角を曲がった公園の前に、小さな交番があるはずだった。

息を切らして、角を曲がる。あった。机の前に、おまわりさんがふたり。先に友梨に気づいたひとりが、建物の外に出てきてくれた。

「どうかされましたか？」

友梨は、「あ、はい」と声を出した途端、ぎょっとなった。自分の出した声が、あまりにも聞きなじみのないものだったことに、びっくりしてしまったのだ。

そうだった、いまはあのレンタルショップで借りてきたおばさんの姿になっているんだった、と思い出す。

店長さんが、この〈見た目〉でいかがでしょう、といって紹介してくれたのは、ショートヘアの健康そうなおばさんで、あまり愛想よくはなかったけれど、こわい印象は受けなかった。いまの友梨の見た目は、そのおばさんそのものだ。あの店長さんにいわれた通りのことをしたら、そうなっていた。

「どこか具合でも？」

おまわりさんが顔をのぞきこんできた。友梨は思わずあとじさりながら、「窓が……」といった。

「窓が割れてるんです」

「お宅の窓ですか？」

「い、いえ、うちのではなく、有田《ありた》さんというお宅の……」

「有田さん？　どちらの有田さんでしょうか」

「そこの角を曲がってすぐのところにある、上田《うえだ》ハイムの……」

おまわりさんは、店長さんと同じように、友梨の顔をじっと見つめたまま話している。のどがからからだ。中身は小学五年生の女の子だといつバレてしまうかと思うと、それだけで息ができなくなりそうだった。

「わかりました。では、あなたのお名前とご連絡先を、先におうかがいさせていただきたいのですが」

あやうく、えっ、と声を出すところだった。まさか先に、名前や住所をきかれるなんて思ってもみなかったのだ。

「あの……それは……」

口ごもり出した友梨を、おまわりさんはまた、じいっと見ている。もうだめだ、これ以上は大人のふりなんてできない。走って逃げてしまおうか——そう思いかけたとき、うしろから、ぐいっと手首を引っぱられた。

「お母さん」

ふり返ると、本来の友梨——の姿をしたあのおばさん——が、こちらを見上げていた。

「もういこうよ、ねえ、いこう」

くり返しそういって、強引に友梨をつれていこうとしている。いっしょにいたことを、すっかり忘れていた。本来の姿とは行動をともにすること。それが契約条件だったのだ。

おまわりさんに呼び止められる前に、友梨は本来の自分につれられて走り出していた。

そのまま近くの公園へと駆《か》けこんでいく。

レンタル契約 4
沢口友梨（女性） 十一歳

「庵路！」

本来の自分の声が、知らない人の名前を呼んだ。

「ここ、ここ！」

ひょっこり木陰《こかげ》から姿を見せたのは、なぜだかあのぼさぼさ頭の店長さんだった。

「さっきみたいに背中合わせになって！」

うながされるまま、本来の自分と背中合わせになった。さっきと同じような呪文《じゅもん》を聞いたあと、はい、といわれて目を開ける。

「これでよし、と」

あっという間に、友梨はもとの小学五年生の女の子にもどってしまっていた。目の前には、さっきまでの自分だったショートヘアのおばさんと、ぼさぼさ頭の店長さんがいる。

「さ、急いでもどろうか」

わけがわからないまま、友梨はふたりにつれられて交番へともどった。

「あっ、もどってきました！」

交番の前にいたおまわりさんが、中にいたもうひとりに声をかけてから駆け寄ってくる。

「どうしました？　急に消えたりして」

ショートヘアのおばさんが、「そんなことより！」と怒鳴《どな》るようにいう。

「とにかくきてください！　早く！」

「でも、あなたのお名前とご連絡先を……」

はい！　と店長さんが元気よく手をあげた。

「それならぼくが残って書きますから」

そういって、すたすたと交番に入っていってしまった。


ソファに座っていた沢口友梨の前に、庵路がはちみつ入りのホットミルクを置く。帆ノ香にもよく作ってやっているやつだ。

砂羽哉のとなりに、庵路も腰をおろしてくる。リビングには、三人しかいない。シフト表を見たら、呉波はレンタルされたバーベキューセットの配達にいっていた。真間と帆ノ香は、子狐の姿のまま裏手の山にでも遊びにいっているのだろう。

さて、というように、庵路は友梨の名前を呼んだ。

「沢口友梨さん、よくがんばったね。こわかったでしょ？　大人のふりをするのは」

顔をうつむかせたまま、友梨は首を横にふる。がんばっていない、ということなのか、こわくなかった、ということなのか、砂羽哉にはよくわからない。それなのに庵路は、うんうん、とうなずいている。

「そっかそっか、きみには、もっとがんばった日も、こわかった日もあったんだね」

友梨が、はっとしたように顔をはねあげた。庵路はやさしく友梨を見つめ返している。

「……うちのこと、知ってるんですか？」

おそるおそるというように、友梨がたずねる。庵路は、まさか、と首を横にふった。

「きみのおうちのことは知らないよ。ただ、きみが誰にも助けてもらえない毎日を過ごしてきたことは、なんとなくわかった。だから、きょうくらいのことは、たいしたことないって思ってるんじゃないのかなって」

砂羽哉には、庵路が友梨のなにをわかっているのか、これからなにをいおうとしているのかもわかっていない。なんだか園路みたいだ、と思う。園路もそうだった。砂羽哉にはわからないことを、わかっていた。

「いまは、助けてもらえているのかな？」

「なにも変わっていません……でも、お母さんが前よりは帰ってくるようになりました」

「おうちにいるときは、いいお母さん？」

「スマホばっかり見てるけど、ときどきはおしゃべりもしてくれるようになりました」

「そうなんだ。なら、よかった」

友梨は、こく、とうなずいてから、不思議そうに庵路を見た。

「店長さんは、お母さんの知り合い？」

「ううん。オレはただの大学生で、この店の店長なだけ」

「でも、よくわかってるみたい」

庵路は目を細めながら、くしゃっと笑った。

「沢口さんはどうしてあんなことをしたのかなって考えた。そしたら、わかっちゃった」

友梨も、つられたように笑った。

「探偵さんみたい」

友梨がしたこと――。

友梨は、わざわざ大人の〈見た目〉をレンタルしてまで、窓の割れた――実際には本人が割った――部屋へ警官をいかせるように仕向けている。その結果、がりがりに痩《や》せこけた三歳ほどの男児が、ゴミまみれの部屋から救出された。

砂羽哉たちにとって想定外だったのは、〈入れ替え〉中の友梨が、警官から身元を明かすよう求められたことだ。戸籍《こせき》のない砂羽哉は、身元を照会されるとまずい。そこで助《すけ》っ人《と》に加わったのが、友梨の行動を案じて尾行していた庵路だ。公園で落ち合うと、速やかに〈入れ替え〉をおこない、中年女性に化けたままの砂羽哉が警官をアパートに案内する流れを作った。代わりに庵路が交番に残り、住所氏名を明らかにすることで、砂羽哉の身元は照会されずに済んでいる。

警官とともにアパートに向かった砂羽哉と友梨は、見る間に騒然となった現場からさりげなくフェイドアウトしたのち、無事に店へともどった、というわけだ。

警官に親子との関係を問われた庵路は、『あの親子とは、たまたま同時に窓が割れているのに気がついて、いっしょに交番にきただけだ。どこの誰だかも知らない』ということにして、それ以上、追及されないようにしたらしい。

ともあれ、友梨の目的は無事に果たされ、〈化かし〉中の砂羽哉が交番につれこまれるという、最悪の事態も回避できた。

「あの部屋の窓が、一度だけ開いているのを見たんです。むかしのわたしみたいな男の子がいました。がりがりで、ぼーっとした子が」

友梨本人が、役所に電話をしたこともあるらしい。お母さんに代わってもらってもいいかな、といわれてしまったそうだ。

「わたしのことも助けてもらえなかったのに、ほかの子を助けてってたのめる大人なんて、まわりには誰もいなかった。だから……」

だから〈見た目〉を借りたのだという。子どものままではできないことをするために。

「本当に、よくがんばったね」

庵路がまた、友梨をねぎらった。友梨の泣き声が、静かにリビングの中に広がっていく。

「でもね、沢口さん。次は、もしかしたらって思ってみてほしい。もしかしたらこの人は、助けてくれる人かもしれないって」

友梨が、こくこく、とうなずいている。一生懸命、うなずいている。

「少なくとも、オレたちはこのお店で働いているから。誰かは、必ずいるから」

砂羽哉まで、ふ、と肩が軽くなったような気がした。そうか、ここにいるのは自分だけじゃないのか、と。

友梨が、そろりと顔をあげた。

「……今度きたとき、狐ちゃんのこと、抱っこしてもいい？」

庵路が、いたずらっぽく笑って砂羽哉を見た。「だってさ」といいながら。

レンタル契約

5

中島文子
（女性）二十歳

庵路《あんじ》って、どんな子どもだったんだろう。

帆《ほ》ノ香《か》は急に、知りたくなった。風呂場の戸をいきおいよく開け、「ねえ、庵路!」と湯気《ゆげ》の向こうに声をかける。

「あのさ……帆ノ香」

「なに?」

「お風呂に入ってるときは、いきなり入ってこないでもらってもいいかな」

「どうして?」

「全裸のときは、ひとりでいたいから」

「どうして?」

「どうしても!」

仕方なく、帆ノ香は風呂場をあとにした。代わりに庵路の部屋に向かう。勝手にふすまを開け、文机《ふづくえ》の前にすとんと座った。写真立てもなにもない。古ぼけたペンケースと、分厚い辞書と重ねたノートが数冊だけ。あとは、スマホとやらがぽつんとひとつ。これをいじると怒られるので、さわりはしない。

庵路の子ども時代がわかるようなものはなにかないものかと、辺りを見回す。帆ノ香が知っている庵路の古い情報といったら、〈もともとは東京で暮らしていた〉くらいだ。

中島文子（女性）二十歳

園路《そのじ》とは早くに死に別れてしまった奥さんとの子どもが、庵路のお母さん。園路の奥さんが亡くなってすぐ、東京の親戚《しんせき》に引き取られていったあとは、園路との交流はほとんどなかった、と聞いている。

「なにやってんの？　帆ノ香。勝手に庵路の部屋に入ったらだめじゃない」

開いたままになっていたふすまの向こうから、真問《まとい》が顔をのぞかせた。庵路の前に入浴していたので、髪がまだ濡《ぬ》れている。パジャマ代わりの黒いスウェットの上下を着ているけれど、どうせ寝るときには子狐《こぎつね》の姿にもどってしまう。

そう思ってお風呂上がりに服を着ないでうろうろしていたら、庵路にしかられたことがあった。人間に化けているときは、絶対になにか着ていないとだめだ、というのだ。家の中ならいいじゃない、と反抗したのだけれど、絶対にだめ！　と庵路はゆずらなかった。仕方がないので帆ノ香もお風呂上がりには、真問とおそろいのスウェットの上だけを、だぶっと着ている。

「庵路って、どんな子どもだったのかな、と思って。気にならない？」

帆ノ香はそういいながら、庵路が通学時に愛用しているバックパックを引き寄せて、中をのぞきこもうとした。途端《とたん》に真問が近づいてくる。ぴしゃ、と手の甲をたたかれた。

「いった！」

「勝手に見ないの」

「出しっぱなしにしてるんだから、見られてこまるものなんかないんだよ、きっと」

「オレたちが勝手に見たりしないって思ってるだけかもしんないでしょ」

なんだか最近、真問はやけに人間っぽいことをいうようになってきた。ほんの少し先に生まれた分、兄ということになっているけれど、実際にはほとんど同時に生まれた双子のくせに、と帆ノ香はちょっとおもしろくない。

「園路の子どもだったころの話なら、砂羽哉《さわか》と呉波《くれは》にきけばいくらでも教えてもらえるだろうけど、庵路のってなるとねえ」

真問も、内心では庵路の子ども時代に興味がないわけではないらしく、なにやら思案している。そんな真問の顔を見上げているうちに、帆ノ香はふと、前から気になっていたことを思い出した。ねえ、真問、と呼びかける。

「庵路って、友だちいないのかな？」

「友だち？」

真問がすぐ横に、ぴょこんとしゃがみこんできた。至近距離で顔を見合わせると、鏡を見ているような気がしてくる。

「誰かがうちにきたこともないし、電話がかかってきたことだってないじゃない？」

中島文子（女性）二十歳

「まあ、庵路くらいの年ごろの人間は、家の電話にわざわざかけてくるようなこともないんだろうけど……確かに庵路の口からも、友だちの話って聞いたことないかもね」

「でしょ？　いないいんだよ、きっと」

「えー、いないのかな。ふつうにいそうだけどね。人当たりいいし」

「いないから、東京からこんな田舎《いなか》に引っ越してくるのも平気だったんじゃない？」

うーん、そうなのかなあ、とうなっていた真間が、いきなり、びくん、と大きく体を震わせた。一瞬あとにはもう、人の姿からもとの子狐にもどってしまっている。

遅れて帆ノ香も、びくっとなった。背後から、とんでもない質と量の妖気を感じたのだ。気がついたときには、帆ノ香も子狐にもどってしまっていた。着ていたスウェットの中に、すっぽりと包みこまれた状態になっている。

開け放したままになっていたふすまの向こうには、不動明王《ふどうみょうおう》さながらの様相で立つ呉波がいた。

「勝手に庵路の部屋に入るなって、何度いえばわかるんだ！」

遅れて音が聞こえてくる雷のように、つづけて怒声《どせい》も飛んでくる。帆ノ香と真間は、ぷるぷると震えた。庵路のために怒っているときの呉波ほど、こわいものはないのだった。

「……庵路が子どもだったころのこと、知りたかっただけだもん……」

帆ノ香がどうにかしてそう声をしぼり出すと、呉波は、「庵路が子どもだったころ？」とき返してきた。興味を持ったらしい。

数分後には、三人そろって庵路の子ども時代のものを探しはじめていて、さらにその数分後——。

やっぱり不動明王そのもののオーラを出しながらあらわれた砂羽哉に、「おまえまでいっしょになってなにをやってるんだ、呉波！」と特大の雷を落とされたのだった。

彼だ、と確信した瞬間、いてもたってもいられなくなった。彼に会いたい。ただその思いだけで、中島文子《なかじまふみこ》は都内から電車を乗り継いで、この街に降り立った。

見事な連峰《れんぽう》が望める駅前の景色に、思わず目を細める。どうして彼は、この地を新たな生活の場に選んだのだろう。せめて同じ街で暮らしていたかったのに。受け入れてもらえなかった思いを押し殺しながらでもよかった。もしかしたらばったり会えるかもしれない、と思いながら、山手線に乗っていたかった。

わかっている。いい加減、思い出にしてしまわなければいけないことくらい。わかっていても、どうすればそれができるのかがわからない。

「次は――前、――前で停車いたします」

バスのアナウンスの声で、はっと顔をあげる。なんていうところでおりるんだったっけ、とスマホの画面に目をやろうとしたとき、ふと車窓に目がいった。

「あっ」

思いきり、声が出てしまった。

彼の姿が、車窓のすぐ向こうにあったからだ。高校時代となにひとつ変わっていない、ぼさぼさ頭に銀縁眼鏡の彼が自転車で疾走していた。腰を浮かして、全速力でこいでいる。

窓を開けて、呼んでみた。

「吾妻《あずま》くんっ」

風に声が流されてしまう。彼の顔はこちらを向かない。

「吾妻くん！」

二度目でやっと、視線がちらりとこちらを向いた。驚きの表情が浮かぶのを見た直後、バスが大きくカーブを曲がっていく。見る間に彼の姿は文子の視界の死角に入り、そのまま見えなくなってしまった。

よろずレンタルショップ《化けの皮》。

その店が紹介されていた記事の写真を目にしたとき、文子は一瞬、呼吸を忘れた。古民家をリノベーションしたらしい店舗の玄関わきで、男前な男性ふたりにはさまれて、へらっとした笑顔で店長として写真に写っていたのは、まちがいなく、高校時代の後輩である吾妻庵路だったからだ。

委員会が同じだった後輩から、それとなく庵路の進学先を聞き出してからは、その地域にまつわるネット記事には、もれなく目を通すようになっていた。まさか本当に〈彼のいま〉を知れるとも思わずに、ただなんとなく習慣化していただけだったのだけれど――。

もともと彼はSNSの類《たぐ》いはやっていなかったし、連絡先の交換もしていなかったから、二年先に高校を卒業してからはずっと、音信不通状態。彼の進学先が、北関東にある大学だと知った途端、音信不通でいることがこわくなった。このまま一生、彼には会えないのかもしれない。そう思うだけで、たまらない気持ちになった。もともとうまくいっていなかった就職活動にもますます身が入らなくなって、このままでは……と思いはじめていた矢先に目にしたのが、例の記事だったのだ。

文子は、ひと呼吸ついてから、くもりガラスのはまった戸を横に引いた。

まっ先に目に飛びこんできたのは、がらんとした土間のスペースだ。真正面の奥に一枚

レンタル契約 5
中島文子（女性） 二十歳

板のカウンターがあり、すぐうしろには大きめの簾《すだれ》が垂らされている。その簾の向こうから、「いらっしゃいませえ」と明るい声を出しながら姿を見せたのは、どこのグラビアから抜け出してきたの？ と思うような、制服姿の美少女だった。

アルバイトなのだろうか。だとしたら、あの吾妻くんが採用したということ？ こんな美少女を？ ——ざわつきそうになる胸を軽く押さえながら、文子はたずねた。

「あの、店長さんはいらっしゃいますか？」

「店長ですか？ いま呼んできますねー」

美少女は、プリーツのスカートのすそをひるがえして、簾の向こうにもどっていった。

制服。なつかしい。三年前までは、文子も着ていた。セーラー服ではなかったけれど。

決まって少し歪《ゆが》んでいた彼のネクタイを思い出す。どんな結び方をすればあんなふうに傾くんだろう、といつも不思議だった。

カウンターの向こうの簾が、しゃらら、と揺れた。くたっとしたボーダーのカットソーを着た吾妻庵路が、ひょこっとあらわれる。

「……お久しぶりです、吾妻くん」

文子がそういって軽く頭をさげると、やっぱりあれは中島先輩だったのか、という顔をしながら、庵路も同じように会釈《えしゃく》をした。

「お久しぶりです」

こまったように少し眉《まゆ》をさげて笑う顔。ああ、吾妻くんだ、と思った。

「ごめんね、いきなりお店にきちゃって」

「いえ……えっと、なにかご覧になって知ったんですか？　うちの店のこと」

「うん、たまたま目にしたネット記事で」

「そうですか」

で？　というように、庵路が目を合わせてくる。まさかレンタル以外の用事で訪ねてきたんじゃありませんよね？　といわれた気がして、文子は思わずあとじさりしそうになった。

「えっ……と、姉妹店？　もあるんだよね。見た目レンタルショップっていう」

「ああ、はい。もしかして、そちらのほうをご利用希望ですか？」

確か、〈見た目〉がレンタルできる、というようなことが書いてあったはずだ。希望の見た目になれるよう、メイクやウィッグや衣装を駆使して、完璧なコーディネートを提供することをそう表現しているのだろう。

自分にはいま、レンタルしたい〈見た目〉があるだろうか……。

文子は思わず、考えこんでしまった。

レンタル契約 5
中島文子（女性）二十歳

一発で就職が決まる見た目？　そんなもの、あるはずがない。会社訪問をはじめてみてわかってきた。見た目はもちろん見られている。でも、それ以上に見られているものがあった。『これまであなたはどんなふうに毎日を過ごしてきた人なのか』だ。そればっかりは、借りることはできない。

「……中島先輩？」

名前を呼ばれて、文子は激しくまばたきをした。

目の前には、高校生活の最後の一年を彩ってくれた吾妻庵路がいる。どうしてこの人は、自分の思いを受け入れてくれなかったんだろう。改めて、胸の奥がひやりとなった。

「ちょっと庵路！　なに泣かせてるの！」

グラスをのせたトレイを手に、簾の向こうから出てくる途中だった美少女が、いきなり大きな声を出した。あわててほおに手をやる。知らないうちに、濡れていた。

「砂羽哉！　呉波！　ちょっときて！　庵路がお客さんを……」

文子はあたふたと、ちがうんです、といいわけをしようとしたのだけれど、簾の向こうからはすでに、次々と人が出てきてしまっていた。ネット記事の写真で見た、男前がふたりと、それに、美少女とそっくり同じ顔をした、詰め襟《えり》姿の男の子まで。

「いやっ、あの、この人は……」

庵路もなにやら説明しようとしたのだけれど、それよりも早く男前のうちのひとり――黒っぽい服装をしたほうの人が、庵路をぐいっとわきに押しやってしまった。

「たいへん申し訳ございませんでした。どのようなご無礼がありましたでしょうか」

店長である庵路が矢面に立たなくても済むように、自ら進み出てきたようだ。つまり、店長よりも立場が上の人ってこと？　と思いながら、文子はまじまじと、切れ長の鋭い目をしたその人を見つめた。

それが、怒りをぶつけているように取られたのかもしれない。さらに、もうひとりの男前――こちらは白っぽい服装をしている――が、新たに文子の前へと進み出てきた。

「どうぞ遠慮なくお話しください。いかようにもご対応させていただきますので」

「いえ、吾妻くんはなにもしてなくて……」

ようやく文子がそう口を開くと、ことのなりゆきを黙って見守っていた詰め襟姿の美少年――美少女とはどうやら双子らしい――がぼそりと、「吾妻……くん？」とつぶやいた。

ん？　というように、男前ふたりが庵路を見る。美少女と美少年も、見る。視線の集中砲火を浴びた庵路が、両手を胸の位置まであげた。いま説明するから、というように。

「彼女は、オレの高校時代の先輩。ネットの記事でたまたまうちの店を知ってきてくれたの。だから、その――……」

泣いた理由までは、説明できなかったらしい。代わりに文子が、「中島です」と名乗ってから、あとを引き継いだ。

「三年ぶりだったから、なつかしくて……ごめんなさい、驚かせてしまって」

なーんだ、そうだったの、と美少女が安堵《あんど》のため息をつくのを、男前ふたりが、ぎろりとにらむ。おまえの早合点《はやがてん》のせいでややこしいことになったじゃないかと怒っているのだ。

「あの、中島先輩」

庵路が、遠慮がちに声をかけてくる。

「レンタルのほうは、どうされますか？　きょう、借りていかれます？」

そうだった。自分はいま、客としてここにきたことになってしまってるんだった、と。

なにか適当な〈見た目〉を借りなければ、と頭を働かせようとするのだけど、雑念が邪魔をする。どうしてこの店は美形だらけなの？　誰の趣味？　とか、高校時代、いつだってひとりでいたあの吾妻くんが、和気あいあいとした雰囲気のこの職場になじんでいる様子なのはなぜ？　とか、次から次へと。

「その前にちょっといいかな、吾妻くん」

こうなったら、納得がいくまで質問攻めにしてやる。どうせ迷惑に思われているのなら、せめて気の済むようにしてから帰りたい。

「人ぎらいは直ったの？　美形とだったらいっしょにいるのもいやじゃないってこと？　わたしが美形じゃなかったから、せめて卒業後も連絡くらいは取りたいってお願いも断られちゃったってこと？」

文子は、一気にまくしたてた。庵路はもちろん、その左右にずらっと並んだ美形四人も、ぽかんとした顔をしている。

しばらくして、庵路はひどく遠慮したようにいった。

「……まず、これだけはいっておきますけど、中島先輩が美形じゃないって感じる人は、そうはいないんじゃないかと思います。なので、まちがいなくそれは理由じゃないです」

変なところから答えはじめたので、拍子抜けしてしまった。ああ、そうだった、と思い出す。吾妻くんってこうだった。話し方のトーンも話す内容も、かなり独特だった。

「あとは、どうしてこの店が美形だらけかっていう質問ですけど、それはですね、彼らはちょっと特殊な血筋の人たちでして——」

庵路は、銀縁眼鏡のフレームを指先で何度も押しあげながら、一所懸命に説明をつづけている。急に、おかしくなってきた。この人はちっとも変わっていない。それだけで、もういいや、と納得できた。

「吾妻くん」

「え？　あっ、はい」

「〈見た目〉のレンタルって、どういうふうにするものなの？　くわしく聞かせてくれる？」

途中で話をさえぎられたにもかかわらず、庵路はいやな顔ひとつせず、説明してくれた。

聞き終えた文子の口もとに、ふ、と淡い笑みが浮かぶ。やっと思いついたのだ。レンタルしたい〈見た目〉を。


店を閉め、夕食を全員でかこんでからも、庵路はなかなか、中島先輩との関係について話そうとはしなかった。

大学の研究室で貴重な研究対象が行方不明になって大騒動になっただの、そのせいでシフトの時間に遅れそうになって自転車をすっ飛ばしただの、どうでもいい話ばかり、ぺらぺらとしゃべっている。

食後のお茶が出てきたタイミングで、とうとう帆ノ香は、「で？　どうして中島先輩をふったの？」と単刀直入に切りこんだ。湯のみを口もとに運ぼうとしていた庵路は、わざとらしく、「あちち」と騒いだりして、さらにごまかそうとしていたのだけれど——、

「……中島先輩は、屋上仲間だったんだよ」

ふと気が変わったように、ぽつりといった。

「屋上仲間？」

真問がきき返すのに、うん、とうなずく。

「昼休みは決まって屋上で弁当を食べてたんだけど、中島先輩も、二日にいっぺんくらいはきてた。お互いひとりだったから、そのうちなんとなく話すようになって……」

ひとり。

やっぱり庵路には友だちがいなかったんだ。そう気づいた途端、帆ノ香はぎくりとなった。

園路と同じだ。園路もずっと、ひとりだった。遅くに縁を持った年の若い奥さんも早々と亡くしてしまったし、生まれたばかりの子どもも、長くはそばにいなかった。さみしい、だなんて、ただの一度も口にしたことはなかったけれど、その横顔を目にするたびに、わけもなく泣きそうになったことを覚えている。

ソファに移動しながら、庵路はつづきを話してくれた。

――小学生のころ、母親から教えられたことがあるんだ。

『おじいちゃんの血を引く男の子にはね、ほかの子とはちょっとだけちがうところがあるの。相性の悪い人だと、そばにいるだけでも呪《のろ》いのような作用を起こすことがあって、ときには不慮《ふりょ》の死をもたらすことも……。だからね、そばにいてもだいじょうぶな人かどうか、庵路くんはよくよく気をつけなくちゃいけないの』

すっかりこわくなってしまったオレは、なるべく誰とも仲よくならないよう気をつけるようになった。誰かが死んでしまうくらいなら、ひとりがいいって思ったから。

高校生になっても、ひとりがいいっていう気持ちは変わらなかったし、そういうのって態度にも出るから、自然と友だちもできなかったんだけど……いつも通り屋上で弁当を食べてたら、いきなり、中島先輩が話しかけてきたんだ。『屋上にいると、どこか遠いところにいきたくなっちゃうよね』って。

同じことをずっと思ってたから、うっかり返事をしちゃった。『なりますね』って。それから、先輩は話しかけてくるようになった。

そのころの先輩は、家族や友だちのことで少し疲れてたみたいで、学年の離れた後輩と気まぐれな会話をすることで、気晴らしをしているように見えた。だったらいいのかなって。こんなのはそばにいるうちに入らないよなって勝手に思って、気まぐれな会話をオレも楽しむようになっていった。

だから、卒業式の前日になって先輩から、『きみのことを好きになったから、彼女にしてください』っていわれたときは、血の気が引いたよ。あわてて、『こまります』って答えた。『じゃあ、友だちでもいい。卒業しても、連絡くらいは取らせて』ともいわれたけど、『それもこまります』って。先輩は、『わかった。こまらせてごめんね』っていって、屋上からいなくなった。そのときの空が、うそみたいによく晴れてて……雲ひとつないその空を見上げながら、思ったんだ。卒業したら、遠くにいこうって――。

ひとりだけソファに移動していた庵路のそばに、最初に寄っていったのは帆ノ香だった。つづいて真問が反対側のとなりに身を寄せ、少し遅れて砂羽哉と呉波が、それぞれソファの両端に腰をおろした。

もちろん、庵路はいやがらない。化け狐の帆ノ香たちなら、狐使いの血筋の者が備える妖気《ようき》に当てられることはないからだ。

中島先輩がレンタルした〈見た目〉。

それは、庵路の見た目だった。いくら大化け狐でも、〈生き写し〉は難しい。相当な妖《よう》力《りょく》を要するし、似て非なる容姿になることだってあるからだ。結果的に、中島先輩は望みをかなえている。呉波だからできたことだった。

望みをかなえた中島先輩が、そのあとにしたこと。それは、庵路にとって予想外なことだったらしい。あっけに取られて、声も出ない様子だったから。

庵路の見た目になった中島先輩は、呉波に入れ替わっている自分の体を、思いきり強く抱きしめたのだ。それはもう情熱的に、庵路の見た目には不似合いなくらい、かっこよく。

そして、抱きしめている自分にいい聞かせるように、その耳もとでささやいた。

『……これで、気は済んだでしょ？』

中島先輩はきっと、気がついたんだと思う。庵路が本当は、人ぎらいなんかじゃなかったことに。自分のことだって、ふりたくてふったわけじゃないのかもしれないってことにも。

帆ノ香は、そっと目を閉じた。

いつかは庵路にも出会ってほしい。それでも、と思って、そばにいることを選ばずには

いられない人と。時代は変わった。庵路なら、園路とはちがった生き方ができるかもしれない。

……それまでは、わたしたちがそばにいてあげるからね。

そう告げる代わりに、帆ノ香は自ら子狐の姿にもどって、庵路のひざの上に飛びのった。

人間の姿のままではできないことだ。

「どうしたの？　帆ノ香。眠くなった？」

庵路がやさしく頭をなではじめる。帆ノ香は満足して、ふわりと尻尾《しっぽ》を丸めた。

レンタル契約

6

山下悠太

（男性）三十八歳

少しずつ、真問《まとい》は人間のルールを覚えてきた。いまとなっては、森の中でただの子狐《こぎつね》として過ごしていたころが、夢か幻のようだ。

人間のルールを覚えるにつれ、気づいたことがある。

人間は単純だ。

人間は複雑だ。

どちらの面も持つ。ただし、と真問は思う。人間は、わかりやすい。単純な面も、複雑な面も、どちらも理解がしやすい。知れば知るほど、なるほど、そういうことね、と納得することができる。

そんな真問にとって、唯一、わかりにくいのが庵路《あんじ》だ。

庵路はお人よしで、面倒見がいい。好物は、ほうれん草のおひたしとレンコンのきんぴら、きのこの炊きこみごはんで、苦手な食べものはなし。朝が弱くて、夜も弱い。二度寝、三度寝は当たり前で、夜は十時を過ぎればもう、船をこぎ出す。こわい話はこわがるくせにゾンビ映画は大好きで、しょっちゅう観《み》ている。

——庵路のことならもう、けっこうくわしいのに、大事なところがよくわからない。

庵路は、どんなことに腹を立てていて、どんなことにしあわせを感じているのか。これがわからないと、真問はその人間のことを理解した、と思うことができない。

レンタル契約 6
山下悠太（男性）三十八歳

これまで《化けの皮》にやってきた客たちは、そこがわかりやすかった。だから、その人間が単純でも、複雑でも、この人のことはわかる、と思えた。庵路はちがう。いっしょに暮らしていれば自然とわかってくるようなことならいくらでも知ることができるのに、肝心なところはいつまで経《た》ってもわからないままなのだ。

「……あのさ、真問」

店のカウンター席にならんで座っていた庵路が、くるっ、とその顔を真問のほうに向けた。

「なにかいいたいことでもあるのかな」

「どうして？」

「オレの顔ばっかり見てるじゃない」

「見てただけだよ？」

庵路は、じいっと真問の目を見つめている。真問も、じいっと見つめ返す。

「……だったらいいけど」

にっこり笑って、庵路がいう。

「いいたいことがあるなら、いえるときにいっといたほうがいいと思うよ？」

その目はもう、真問を見ていない。予約の確認中だったパソコンの画面にもどされている。その横顔が、少しだけ怒っているようにも見えた。悲しんでいるようにも見えた。

「あしたの〈見た目〉のレンタル、真問にやらせてみるか」

夕食の席で、砂羽哉《さわか》が急にそんなことをいい出した。ほおばったばかりだった唐揚げを、真問は変なタイミングで飲みこんでしまってむせそうになる。

はい、といいながら、となりの席から帆ノ香《ほのか》がウーロン茶の入ったコップを渡してくれる。むせる寸前に、流しこむことができた。双子の妹に、ありがと、と目だけで告げる。

「さすがにちょっと難しいんじゃないか？」

異議を申し立てたのは、呉波《くれは》だった。

「あしたの予約って、男子高校生は男子高校生でも、『がりがりに痩《や》せた体つきの』っていう条件つきなんだろ？」

砂羽哉の代わりに、庵路が答えた。

「身長は百六十五センチ以上、体重は最低でも四十キロ台前半、できれば三十キロ台後半って指定ありだったね」

真問の身長は百六十七センチ、体重は五十五キロだけど、それでも、かなり痩せているほうだ。

「拒食症《きょしょくしょう》、一歩手前って感じだな」

レンタル契約 6
山下悠太（男性） 三十八歳

あきれたように、呉波がいう。

「なにがしたくて、そんながりがりの男の子の〈見た目〉をレンタルするんだろ？」

帆ノ香も、その華奢《きゃしゃ》な肩をすくめている。興味がわいた。ぜひとも自分が引き受けたい、と真問は思う。

「がりがりに痩せた状態の自分に化けるだけでしょ？」

そういって、向かいの席の庵路を見やった。最終的に、見た目レンタルの担当者を決めるのは庵路だからだ。

「うーん……そうだねえ。そろそろ次の段階に移ってもいいのかなあ、真問たちも」

腕組みをして、考えこんでいる。つられたように、砂羽哉と呉波まで、胸の前で腕を組んで、うーん、となった。

庵路たちが迷うのには、理由がある。真問と帆ノ香は、化け狐になってからほんの数十年しかへていない。従って、妖力《ようりょく》もまだ弱く、ふだん化けているのも、本来の自分の年齢をそのまま人間に置き換えた姿だけだ。砂羽哉と呉波が軽々とやってのけている七変化《しちへんげ》——老若男女《ろうにゃくなんにょ》、いずれにも化けられる能力のことだ——には相当な妖力を必要とするのだけど、がりがりに痩せた状態の男子高校生に化けるのは、この七変化に当たる。

七変化自体は、いまの真問の妖力でもそう難しいことではない。性別を変えるのはさすがにまだ無理でも、肉づきの調整くらいなら、どうにかなるはずだった。問題は、変化した状態をどのくらい維持できるか、なのだ。〈見た目〉レンタルの担当者として、いまの真問が七変化を最後まで維持しつづけられるかどうか。庵路たちは、そこを案じている。

「まあ、七変化は化け狐にとっての栄養みたいなもんだしな」

砂羽哉がそうつぶやくのを聞いて、庵路も覚悟が決まったらしい。

「栄養か……よし、あしたの〈見た目〉レンタルは真問にお願いしよう」

いい？　と目でたずねられたので、当然のように真問は、うん、とうなずいた。


さて、とホームのベンチから立ちあがると、山下悠太《やましたゆうた》は、ゆっくりと改札口に向かって歩き出した。

少し離れた前方には、ブレザータイプの制服を着た男子高校生の背中がある。充分な距離を空けて、ついていく。改札を抜けたあと、彼が向かったのはバスターミナルだ。地元では、寄り道をする気はないらしい。悠太は、それとなく同じバスに乗りこんだ。彼の座った席から、少し離れたところに立つ。

レンタル契約 6
山下悠太（男性） 三十八歳

高級住宅街で知られているエリア名がアナウンスされると、彼は停車ボタンを押し、座席を立った。

さいわいなことに、彼のほかにも複数、下車する人たちがつづく。ごく自然に、悠太もその列にまぎれこむことができた。

食欲をそそる夕暮れどきのにおいを、そこかしこに嗅《か》ぐことのできる住宅街を、彼は進んでいく。自然な距離に気を配りながら、悠太も進む。やがて、彼は豪奢《ごうしゃ》な白亜《はくあ》の邸宅の前で足を止めると、鉄扉《てっぴ》のオートロックを手早く解除し、敷地内に入っていった。

あれが、あの子の家か――。

なにかしら納得した顔をして、悠太はまっ白な外壁のその邸宅を見上げた。

二階の一室に、明かりがつく。

そこまで見届けると、悠太はきびすを返して、いまきた道をもどりはじめた。


リクエストしておいて絶句するというのも失礼な話だけれど、文字通り、悠太は言葉を失った状態で、紹介されたばかりの少年と向き合っていた。

二の腕までまくり上げた白いシャツからのぞく腕は、まるで犬のおもちゃの骨のようだし、小さくとがったあごの下にある首は、たてに裂けた古木《こぼく》をイメージさせる。黒いスラックスの太もも部分は大きく空気をはらんでいるし、胴体の薄さといったら、内臓の存在をまったく感じさせない。

思わず、ごくり、とのどを鳴らしてしまった。

「ご希望の〈見た目〉をご用意させていただきました。いかがでしょう？」

大学生風の若い男——見た目にそぐわず、一介のアルバイトではなく店長らしい——が、声をかけてくる。悠太は、はっと視線を揺らしながら、ふり返った。

「ああ、はい。あの、希望通りです」

「では、こちらをレンタルするということでよろしいですか」

「そう……ですね、はい、お願いします」

「ありがとうございます。すぐに準備いたしますので、少々お待ちくださいね」

さっそく手続きに入るらしい。

それにしても、と悠太は首をひねる。いまいるこの店は、レンタルショップだ。たまたまサイトを見つけて、〈見た目〉もレンタルできるとうたわれているのを知って、興味を持った。どういうシステムになってるんだ？　という純粋な好奇心から、なかば非現実的な条件をつけたレンタル希望を送ってみたところ、ご用意できます、という返信がきたのだった。

くわしいことは、なにも説明されていない。返信にはただ、予約の日時に合わせて店にきてもらえれば、とだけあった。料金もそれほど法外なものではなく、何度か借りたことのあるレンタカーとそう変わらない負担感だ。

ふと、少年と目が合った。向かい合ったままでいたので、距離が近い。もともとは整った顔立ちをしていたんだろうな、と悠太は思った。いまは極度に痩せてしまっているために、ほうれい線がくっきりと濃く、目の下のくぼみもひどい。

ホンモノの人間……だよな？

まさかとは思いつつ、レンタル用品として開発された、精巧な作りのアンドロイドかなにかなのではないかと疑いたくなる。

ふつうに考えて、あの条件に合った少年がここにいることがまずおかしいし、なんのために同席しているのかもわからなかった。〈見た目〉をレンタルする、という言葉のままに解釈するなら、悠太自身がこの見た目になる、ということだ。リクエストした〈見た目〉にぴったり一致したこの少年は、いったいどんな役割を果たすというのだろうか。

「気に入りました？」

不意に、少年が話しかけてきた。

「えっ？　あ、きみのことを？」

「はい」

「気に入った……というか、リクエストした通りだな、と」

少年が、にこっと笑った。笑うとますます、ほうれい線が目立つ。

「よかった、気に入ってもらえて」

ほっとしたように、少年——真問という名前はあとで知った——は小さく息を吐いた。


目的の場所は、もうすぐ目の前だ。

彼が必ず、学校帰りに立ち寄るスーパー。そこは、悠太が日常的に食料や日用品を買い求めている店でもある。

はじめて彼を見かけたのは、一ヶ月ほど前のことだ。菓子パン売り場の一角で、不審な動きをしている男子高校生がいるのに気がついた悠太は、それとなくその行動を見守った。頭の中で、やめろ、そんなことはするんじゃない、とくり返しつぶやきながら。

悠太の監視に気づかない彼は、通学バッグといっしょに肩にかけていた布製のトートバッグに、手に取った菓子パンをすばやく押しこんだ。ふたつ目、三つ目、と彼の万引きは

レンタル契約 6
山下悠太（男性）三十八歳

つづく。見ていられなくなった悠太は、すかさず彼に駆《か》け寄ると、さらなる菓子パンに伸ばそうとしていたその手をつかんだ。老人のように痩せ細った、まっ白な手を。

最初に悠太が万引き行為をしたのは、中学一年生のときだった。

きっかけは過食だ。中学受験に失敗、公立の学校に進学したあと、食欲が止まらなくなってしまった。食べても食べても、満足しない。成長期だからね、と最初は笑っていた母親も、日に日に丸くなっていく悠太の体に、いつしか眉《まゆ》をひそめるようになっていた。

その後、強制的にはじめさせられたダイエットに、悠太はひどく苦しむこととなる。買い食い防止のためこづかいも与えられない中、食べたい、という気持ちを、どうしても抑えることができなかったからだ。特に、菓子パンへの思いが止められなかった。香ばしいバターの香りがする甘い菓子パン。食べたくて食べたくて、どうにかなりそうだった。

ある日、見るだけ、と思って、悠太はコンビニの菓子パンコーナーに足を向けてしまう。熱に浮かされたように、生クリーム入りのメロンパンを手に取ったところまでは覚えている。気がついたときには店の外にいて、支払いを済ませていないメロンパンをがつがつとむさぼり食べていた。

あのときの自分に、もし声をかけてやることができたら。何度そう思ったことか。

それだけはやっちゃだめだ。それはおまえを、長く長く苦しめることになるぞ。親ともうまくいかなくなるし、学校にだってまともに通えなくなる。ほかのみんなが楽しそうに青春を謳歌《おうか》していた輝かしい十代、二十代のほとんどを、食欲だけを友だちにして過ごすことになるんだ——。

「山下さん？」

真横から顔をのぞきこまれて、悠太は反射的に、びくっとなった。

「あ、うん！」

あわてて顔をはねあげて、すぐ横に立つ真問——いまは、悠太そのものの姿をしている——に向き直る。

「ここでしょ？　用事のあるスーパーって」

「そう、ここ。えっと……ぼくと真問くんは、どのくらいの距離なら離れていてもいいのかな。スーパーの中と外くらいは、だいじょうぶ？」

「そのくらいなら、だいじょうぶですよ」

いまは悠太が、がりがりに痩せた真問の姿になっている。なれてしまった。真問と背中合わせになって、店長が唱えたそう長くもない呪文《じゅもん》のようなものを聞いただけで。

まさか〈見た目〉のレンタルというものが、そっくりそのまま、借りたい見た目をした人間と中身を入れ替えるものだったとは……。

不思議なことに、『とんでもなく非現実的なことが起きた！』とは感じていなかった。まあ、こういうこともあるのかもしれないな、と変に納得してしまっている。

「じゃあ、ちょっと中に入ってくるから、真問くんはここで待っててくれるかな」

「ぼくは、というか、山下さんの姿をしたぼくは、中に入らないほうがいいんですね？」

「まあ……そうだね」

「だったら、待ってます」

三十八歳の見た目には不似合いな若々しい動きで、真問がぺこっと頭をさげる。悠太も軽く会釈《えしゃく》をしてから、店内へと足を進めた。彼がいる場所は、わかっている。菓子パン売り場だ。夕食の買いものにやってくる主婦たちで混み出す少し前に、彼はこのスーパーにやってきて、会計前の菓子パンを自分のトートバッグの中に押しこんで帰っていく。

――いた。

菓子パン売り場に、やはり、その姿はあった。ひと目で尋常《じんじょう》な状態ではないとわかる、痩せ細った体でぽつんと立っている。

最初に彼の万引き行為を目撃したとき、悠太は彼に駆け寄り、厳しく注意をした。二度としない、と泣きながら謝った彼を、悠太は苦渋《くじゅう》の決断で見逃している。後日、ふたたび同じ場所で彼を見かけてしまった。悠太は悟る。いくら赤の他人の大人に注意されたって意味がないのだと。渦中にいた自分を思い出せば、考えるまでもないことだった。

「盗むの？　それ」

悠太は彼のすぐ横に立ち、そっと耳打ちをした。はじかれたように、彼がこちらを向く。その乾いたくちびるのすきまから、あっ、と小さく声が漏《も》れた。自分と同じくらい痩せ細った同年代の男から、いきなり話しかけられたのだ。驚くのも当然だった。

あとじさりしはじめた彼が、いきなり走り出す。出入り口に向かっていた。

「待って！　逃げないで話を聞いて！」

叫びながら、広々とした駐車場に向かって飛び出していった彼のあとを追った。

レンタル契約 6
山下悠太（男性）三十八歳

「山下さんっ？」

出入り口付近で待っていた真問も、異変に気づいて追ってくる。あきらかに健康状態を損《そこ》ねている彼は、すぐに疲れてしまったようで、駐車場のまん中でへたりこんだ。そろりと視線をあげた彼が、最初に悠太の顔を、つづけて真問の顔を見る。

「わあっ」

悲鳴があがった。悠太の顔――いまは真問のものになっている――を覚えていたのだろう。アスファルトの上を這《は》うようにして逃げ出そうとしている。そんな彼に向かって、とっさに悠太は叫んだ。

「この人も、摂食障害《せっしょくしょうがい》だったんだって！」

彼の動きが、ぴたっと止まる。

「症状が出はじめた中一から三十二歳になるまで、二十年近くも苦しんで、苦しんで……でも、いまはちゃんとその病気を克服して、スポーツクラブのインストラクターをして働いてる。この人は、そういう人なんだ！」

そういって悠太が指さしたのは、ほどよく鍛えられた健康的な体つきの男だ。

長い時間をかけて手に入れた、悠太の自慢の体が、そこにはあった。

七人分のみそ汁が、食卓に運ばれてきた。

「よし、食べようか」

手分けして配膳しているあいだに、庵路も席につく。食卓にはすでに、玄米ごはんと大根のつけものも、七人分ずつ用意されていた。

いただきます、と手を合わせた庵路にならって、小畑蓮《おばたれん》以外の全員が、「いただきます」と声をそろえた。蓮は真問の横に座っている。箸を手に取りながら、庵路がいった。

「蓮くんは、見てるだけでもいいし、食べられそうなら食べてもいいし。好きなようにしてくれていいからね」

小さくとがったあごをわずかに揺らして、蓮がうなずく。

『この人も、摂食障害だったんだって！』

山下さんがそう叫んで、本来の山下さんの姿をした自分を指さしたとき、これまでの行動の意味を、真問はすべて理解した。加えて、後先も考えず、とっさにそう叫んでしまったんだろうな、ということも。だから、代わりに真問が、〈この先〉をすばやく考えた。

『そう、ぼくも摂食障害に苦しんだひとりだ。だからこそ、きみたちのことがよくわかる。よければぼくに、きみたちの病気を克服するための手伝いをさせてもらえないかな？』

真問は、そんなセリフをすらすらと口にしながら、山下さんにそれとなく目配せをして、調子を合わせるよう促《うなが》した。

『そ、そうなんだ。ぼくはいま、そのおじさんにいろいろとお世話になっていて……』

自分と同じような状態の、しかも、同年代の相手がいうことだからこそ、受け入れることができたのかもしれない。うなだれたまま、疲れきった声で蓮はつぶやいた。『助けてくれるんですか？　ぼくのことも』と。


事前に庵路には連絡を取り、大体のいきさつと、三人で《化けの皮》にもどることを伝えておいた。もどるとすぐに、山下さんと真問の〈入れ替え〉を済ませ、簡単な打ち合わせもした。もちろんどちらも、蓮に気づかれないよう、そっと、だ。

山下さんとの出会いは、この《化けの皮》。たまたま客同士として居合わせた際に、真問の痩せ細った姿を心配した山下さんのほうから声をかけて、交流を持つようになった

――そんな即席のストーリーに沿って、真問はこれから、食事をする姿を蓮に見せる。

庵路の提案だった。意外なことに庵路は、摂食障害に関して専門的な知識を持っていたのだ。大学で、栄養学も受講しているとかで。

摂食障害は女性に多い症状ではあるものの、もちろん、男性にもみられる。特に、思春期の男性が陥《おちい》りやすい。加えて、女性特有の病気だと思われがちなために、正しい治療を受けられないケースも少なくないのだそうだ。まさに、山下さんがそうだった。母親は心療内科での受診をいやがり、自らの献身《けんしん》で食べられるようになることを望んだ。

山下さんの場合、万引き行為をやめられない、という第二の依存症にも悩まされていたわけだけど、三十二歳のときに転機が訪れた。山下さんの万引き行為をたまたま目撃した女性が、声をかけてきたのだという。栄養士をなりわいとしていたその女性は、あなたの万引き行為は摂食障害と関連があると思う、と指摘した。きちんと治療をすれば、どちらも治る可能性がある、とも。そうして山下さんは、ようやく正しい治療を受けはじめ、六年がかりで摂食障害を克服した。この六年、万引き行為も止まっている。そのときの栄養士の女性はいま、山下さんの奥さんだ。

そんな山下さんだからこそ、通りすがりに見かけた蓮の万引き行為を見逃せなかった。自分がしてもらったように、蓮に助言がしたかったのだろう。そのために、わざわざ〈見た目〉のレンタルまでした。いまは庵路が、山下さんのその思いに応えようとしている。

蓮を助けたい山下さんを助けるために、この食事の席を用意した。

「うん、おいしそう」

七変化をつづけたまま、真問はまず、みそ汁に口をつけた。消耗《しょうもう》した体に、だしの旨《うま》味《み》が染み渡る。次に、つけものを小さくかじってから、玄米ごはんを少量、口へと運ぶ。あまりがつがつ食べないよう、少しずつ、だ。蓮は、そんな真問の様子をじっと見ていた。信じられないものを見ているような目で。

きょうのところは、それで充分だった。山下さんの手助けで、こんなに食べられるようになったんだ――そう思ってくれさえすれば。

みそ汁のお椀《わん》越しに、庵路と目が合った。はらはらしているのがわかる。まだいける? もう少しがんばれる? とその目がいっていたので、だいじょうぶ、と真問も目だけで答えた。

山下さんと蓮を見送ったあと。

すっかり暗くなった店の前で肩をならべたまま、庵路が真問の背中を、やさしくなでた。

「もういいよ、もとの姿にもどっても」

まるでそれが魔法の解ける呪文だったかのように、子狐の姿にもどった真問は、着ていた服の中をしゅるんっとすべり落ちていった。丸まった白いシャツの中から、頭だけ出す。

「がんばったね、本当に」

しゃがんだ庵路が、顔を近づけてくる。「庵路もね」と真間がいうと、「オレぇ？」と大げさに驚いてみせた。まったく、と思う。帰り際、蓮が自ら山下さんに連絡先をきいたのも、ふたりがつれだって帰っていったのも、庵路の作戦がうまくいったからじゃん、と。

相変わらず庵路は、人のためになにかをすることに迷いがない。自らの命をさし出せば、ほかの誰かを救える、といわれても、迷わない気がする。自分の命ですら、あ、だったらどうぞ、と笑顔でさし出してしまう気がする。

それもまた、人間の単純さだといえばそうなのかもしれない。その一方で、そんなの単純の域を超えている、人間らしくない、とも感じる。やっぱり庵路はよくわからない。

ふと、真間は思った。化け狐の自分にとっての栄養が七変化なら、人としての自分にとってのそれは、庵路なのかもしれない、と。庵路をわかりたい、と思う気持ち。それこそが。

レンタル契約

7

加藤美織

（女性）二十六歳

園路《そのじ》にいわれたことを、いまでも思い出すことがある。

『呉波《くれは》は、なにがいちばんの復讐《ふくしゅう》だと思う？』

『相手を殺す』

『ちがう』

『死ぬまで苦しめる』

『ちがう』

呉波が焦《じ》れた顔をすると、ふっと笑って園路は答えた。

『この世でいちばんの復讐は――』


おー、と砂羽哉《さわか》が感心したような声を漏《も》らしている。呉波も思わず、目を細めた。

「似合うな、意外と」

桐《きり》の箱の中にしまっておいた園路の数少ない遺品――着物が三枚と、晩年かけていた銀縁の華奢《きゃしゃ》な眼鏡がひとつきりだ――を帆ノ香《ほのか》が引っぱり出してきたのだ。

「おじいちゃん、むかしの人にしては背が高かったんだねぇ」

丈がぴったりの麻の着物を着た自分を鏡の中に見ながら、庵路《あんじ》がしみじみという。

レンタル契約 7
加藤美織（女性）二十六歳

「オレもそんなに背は低くないほうなのに」

　店舗の片隅、客用に置かれた大きな姿見の前だ。呉波、砂羽哉、真問《まとい》、帆ノ香、全員が庵路のまわりに集まっている。

　帆ノ香が、庵路の正面に回りこんで、園路の眼鏡を手渡した。

「これもかけてみて、庵路！」

　庵路はいわれるままにいつもの眼鏡をはずすと、手渡されたほうの眼鏡をかけた。途端《とたん》に騒ぎ出す。うわ、度が強い、と。

　園路の若いころと、ぱっと見は似て見える。細かく見れば、園路はもっときりっとしていたし、たたずまいが堂々としていた。比べて庵路は、どこかふにゃっとしているし、強い風が吹いたらどこまでもよろけていってしまいそうだ。

「お祭り、楽しみだね！」

　そういって呉波たちの顔を見回した帆ノ香も、すでに浴衣姿《ゆかたすがた》だ。青地に白のあじさいが可憐《かれん》な、お気に入りの一着だ。真問もまた、濃い紺に白い笹《ささ》の葉が流れる風流な浴衣を着こなしている。

「ねえ、本当に砂羽哉と呉波は着てかないの？　園路のお着物、あとふたつあるよ？」

　未練がましく帆ノ香がまた、同じことをきいてきた。呉波はだまって首を横にふり、砂羽哉は、「しつこい」といってそっぽを向く。

「園路のものを使っていいのは庵路だけだ」

あくまでも、園路は主《あるじ》。園路の持ちものは、ひとつ残らずその後継者である庵路のものだ。

「じゃあ、砂羽哉と呉波は、レンタル用の浴衣でもいいから。ね？　着て着て」

帆ノ香はどうしても、みんなそろって浴衣で今夜の花火大会に遊びにいきたいらしい。

「店番がいなくなる。祭りはおまえたちだけでいってこい」

「だからあ、きょうはちょっと早めに閉店しちゃえばいいじゃない。許してくれるよ、お客さんだって。お祭りの日だもん」

聞きわけのない妹を見かねたのか、真問がその背中を押し、玄関口に向かって歩き出す。

「気が向いたらくるって、砂羽哉たちも」

そんな気休めをいいながら。


狐使いはかつて、正当な対価と引き換えに、依頼主の商売繁盛や家内安全を手助けすることを稼業としていた。

レンタル契約 7
加藤美織（女性）二十六歳

たとえば、ひいきにしてもらいたい客のいる大店《おおだな》からの依頼であればこうだ。気配を消した狐が家の中に入りこみ、趣味嗜好《しゅみしこう》をさぐっておく。ぴたりと好みに合った品をくり返し勧められれば、たいがいの者は、その店をひいきにするようになる。

たとえば、内気で口べたな娘の縁談をうまくまとめたい両親からの依頼であればこうだ。別の娘に化けた狐が、事前に縁談相手を誘惑する。最初は楽しくつきあうが、やがて自分勝手でわがままばかりの娘に嫌気がさすように仕向けておく。その後の縁談で、控えめでおとなしい娘と会えば、自分にはこういう娘がいいのだと、自然と気持ちがかたまる。

時代をさかのぼれば、国政《こくせい》を左右するような依頼もあった。ときには非道な働きもした。俗世の変化に合わせて、引き受ける依頼内容も移り変わっていったのだ。

狐使いは、愚《おろ》かな者には務まらない。自らが使役《しえき》する化け狐たちの能力を把握し、どう使えば思い通りの結果をもたらすことができるのか。采配《さいはい》を振るうのは、狐使いだ。

地位の高い一族や、名のある商家の間でしかその存在を知られることのなかった狐使いたちは、決して表に出ることのないまま、細く長く生き延びた。とはいえ、狐使いの能力は一子相伝《いっしそうでん》。ただひとりの後継者である血縁の者にだけ、受け継がれていく。後継者がいなければ、その狐使いの能力はそこで途絶える。そのため、次第に狐使いの数は減っていき、園路の代のころにはもう、数えるほどしか残っていなかった。現代にただひとり残った狐使いが庵路だとしても、おかしくはない。

いつしか呉波の胸には、庵路が最後の主になるのかもしれない、という思いが宿るようになっていた。そう思えば思うほど、日々のなんでもないことがいとおしい。

カウンターにひじをついたまま、ふっと呉波は笑う。祭りに出かけていく庵路たちのうしろ姿を見送ることにすら、しあわせを感じたことを思い出したのだ。そうか、と唐突に気づく。オレはもう、すっかり……。

不意に、湿気を帯びた風がふわりと吹いた。

顔をあげる。いつのまにか玄関の戸が開いていた。西の空にだけ燃え残った夕日が、戸の開いた分だけ射している。

呉波は目を細めた。細めたままの目で、戸の向こうを見る。

薄闇《うすやみ》を背に、女がひとり立っていた。

加藤美織《かとうみおり》か、と手もとの予約リストで氏名を確認する。数日前に予約を受けた〈あちらの予約〉の客だ。呉波はすでに、事前にリクエストされた〈見た目〉に化けた状態で、店番をしていた。女――加藤美織が静かに戸をくぐり、こちらに近づいてくる。暗い視線が短く呉波をとらえて、すぐにそれていった。なぜだかその瞬間、果たしそこねた復讐を長く抱えこむこととなったあの夜が、闇に灯《とも》った火のようにポッと呉波の中によみがえった。

つかの間、目の前が白くなる。

いやおうなく、引きもどされた。もう何十年も前の、遠いむかしのあの夏の夜に。


——園路がいなくなった。


そう知らされたとき、迷うことなく呉波は、あいつらだ、と思った。

戦後の混乱をうまく乗りきった大地主の親を持ちながら、仕事を手伝いもせず、放蕩三昧《ほうとうざんまい》の毎日を送っているろくでなしの息子たち。

園路を雇ったのは親のほうだったが、狐使いという万能ともいえる存在を知った三人の息子たちは、その力を自分たちのものにしようと考えたのだ。血縁でもない赤の他人が、欲望のままに奪い取れるようなものではない、とはわかろうともせずに。

当時、呉波は園路に命じられ、とある茶道家のもとに使用人としてもぐりこんでいた。すでにひと月近くも化けつづけていた上、妙に勘の鋭い者が身近にいたこともあり、かなりの妖力《ようりょく》を消耗《しょうもう》したところへの知らせだった。

あの砂羽哉が、人目もはばからず屋敷に乗りこんできて、さらうようにして呉波をつれ出したのだ。ともに過ごすようになって数百年、あとにも先にも、あんなに慌《あわ》てふためいた砂羽哉を目にしたことはない。

「あの一家の別宅に蔵があっただろう。おそらく、あそこにつれこまれたんじゃないかと思う」

　すでに砂羽哉にも、園路の身になにが起きたのかは予想がついていたらしい。彼らの別宅があるのは、多くの財界人や文化人が集う由緒ある保養地だ。急ぎ、向かった。

　夕闇迫る山中で、数寄屋《すきや》造りの立派な屋敷を見上げながら、ごく短く段取りを組む。

「蔵の戸は、オレが人に化けたまま開けさせる。呉波はそのすきに、気配を消して中に忍びこめ」

「わかった」

　屋敷の裏手に回りこむと、蔵の横っ

腹に開いた小窓から、うっすらと光が漏れていた。いる、と砂羽哉とふたり、目だけで確かめ合い、行動に移った。

「坊ちゃんがた、少しよろしいですか」

白壁《しろかべ》にはめこまれた重厚な木製の扉を、砂羽哉がたたく。「誰だ」と声がし、「狐です」と応じた。扉が開く。顔を出したのは、三男だった。じとっとした目つきで砂羽哉を見ている。気配を消した無色透明の狐になって、呉波はその足もとをするりとすり抜けた。

「わたくしの主がこちらにいるのではないかと思い、たずねてまいりました」

入れ、と三男があごをしゃくる。砂羽哉が蔵へと踏みこむのに合わせて、呉波も薄暗がりの中を進んだ。三男が足もとを気にしている様子はない。

ろうそくの火に囲《かこ》まれて、長男と次男の顔が浮かび上がっているのに気づく。園路は、と視線を動かそうとしたとき、呉波は思わず息をのんだ。長男の体の下に、まだあどけなさの残る主の顔があったからだ。

うっかり気配を漏らしそうになるのを、すんでのところでこらえて目の前の光景に見入った。時代遅れな着物姿の園路が、うつぶせに床に押し倒されている。長男は、その背中にまたがっていた。手には日本刀が握られ、刃は園路の肩に押し当てられていた。

うしろ手に縛られた園路が、そろりと顔をあげる。砂羽哉を見、そして、呉波も見た。

主が自らの〈狐〉を見失うことは決してない。たとえ気配を完全に消していたとしても。

「いま聞いたよ。おまえたちは、主である狐使いのいうことしかきかないんだってな」

長男が、にたにたしながらいう。酷薄《こくはく》そうな細い目は、砂羽哉しか見ていない。気配を消した無色透明の呉波には、目も向けていない。

「オレたちが命じても、いうことをきかない、きくことができない、と。そういうんだよ、この子が」

長男のかたわらであぐらをかいた次男が、園路の短く刈られた頭をやんわりとなでた。

「そういうものだというんなら、承服《しょうふく》するほかない。おまえたちを所有するのはあきらめた。代わりに、この子を飼うことにしたよ」

長男が、園路の肩に押し当てていた日本刀をわずかに動かした。麻の着物の肩口が、はらりと裂ける。線を引いたような血が白い肌に浮かび、園路の眉間にはしわが寄った。

「腕を落とし、足も落とす。この蔵で、オレたちの施《ほどこ》しなしには生きていけないようにして、この子を飼う。オレたちの命令を伝達するためだけに、これからは生きていくんだ」

化け狐そのものを所有できないのなら、その主を手中にしてしまえばいい。そんな考え方をする人間は、これまでにもいなかったわけではない。ただし、ここまで外道《げどう》な方法を思いついた者は、呉波の記憶にある限り、ただのひとりもいなかった。むかしの人間は、狐はたたる、と信じていたからだ。たいていの者は、主を神のように奉《たてまつ》ることで、狐たちを意のままにしようとした。このろくでなしの息子たちには、いにしえのいい伝えなど、鼻をかんで捨てるちり紙ほどの意味しか持たないのだろう。狐のたたりなど恐るるに足らないとばかりに、不敵な笑みを砂羽哉に見せている。

長男は砂羽哉に確かめた。この子にならば従うんだろう？　と。砂羽哉はなにも答えない。代わりに呉波が、頭の中だけで答える。おまえは園路をわかっていない、と。自らの意に沿わない用途に〈狐〉たちを使役するくらいなら、飢えて死ぬことを選ぶ。それが園路だ。

「かわいそうにねえ。うちの使用人たちになついていたようだけど、金を握らせたらあっさりつれてきてくれたよ」

少しもかわいそうになど思っていない顔つきで、次男がいう。呉波は驚いた。あの親切だった者たちが、と。園路も、あの家の使用人たちには珍しく心を開いている様子だった。

裏切ったのか……。

視界が歪《ゆが》むほどの憤怒《ふんぬ》がこみあげてくる。

「さて、はじめるか」

長男が、日本刀の角度を変えた。動こうとした砂羽哉に、すかさず次男が釘《くぎ》をさす。

「邪魔したら、首を落とすよ？」

ジジジジジ――。
どこかで激しく蟬《せみ》が鳴き出した。

田舎《いなか》にある親戚《しんせき》の家に集まると、誰からともなく話し出すその土地の昔話があった。

狐にまつわる話で、最後にはぞっとするオチが待っている、いわゆる怪談というやつだ。

加藤美織は、ふ、と口もとだけで笑った。幼いころには、ひどく怯《おび》えた話だったのに、と。

いまでは少しもこわくない。そんなものよりもこわいものが、世の中にはたくさんあることを、もう知っているからだ。

気がつけば、二十代も半分が過ぎてしまった。楽しいともしあわせだとも感じない毎日をくり返しながら、ただ年を取りつづけているこの現実のほうが、いまの美織にはこわい。

気まぐれに、復讐、とキーを打って検索をしてみた。どの情報にもまったく気持ちを動かされないまま、延々とスクロールをつづける。ふと、指の動きがとまった。

「見た目レンタルショップ……《化けの皮》？」

なぜだか強烈に、そっけない作りのそのサイトに心惹《ひ》かれた。

レンタル契約 7
加藤美織（女性） 二十六歳

「ご予約のお客さまですか？」

古民家を改装したらしい店内に足を踏み入れた途端《とたん》、声をかけられた。店の奥、一枚板のモダンなカウンターの向こうに背の高い店員がいる。無地の黒いトップスをラフに着こなしたその姿は、地方都市のレンタルショップにはそぐわないほど洗練されて見えた。

「予約はしていないんですけど……」

美織はそう答えながら、カウンターへと近づいていった。十代のころの自分なら、こんなにも見た目のいい若い男性を前にしたら、もじもじとしてしまっていたにちがいない。いまではなんの期待もないから平気だ。そっけない表情のまま、受け答えができる。

「なにか必要なものでも？」

「少し、お話をおうかがいしたくて」

「ああ、はい。なんなりとおききください」

「〈見た目〉をレンタルできると、サイトで拝見したのですが」

「ええ、ご用意しております」

いくつか質問をした。ごくごく簡単な質問ばかりだ。質問を終えると、美織はその場でレンタルの予約をした。


通りすがりのショーウインドウの前。

映りこんだ自分の姿に、つい目がとまる。

完璧だ、と美織は思った。ハーフっぽい顔立ちの、背の高い二十代の男。いまの美織は、同僚の紗英子《さえこ》が理想の相手と騒いでいる若手俳優によく似た外見をしている。

一時間ほど前にレンタルしてきたばかりの〈見た目〉だ。すぐ横には、本来の美織の姿をした《化けの皮》の従業員――呉波というらしい――がいる。レンタル中は、中身を入れ替えた従業員が一定の距離を保って同行するのが条件なのだ。

はじめて《化けの皮》を訪ねたとき、美織はその条件について、いくつか質問をした。会食への同席は可能か。その際に、頼んだセリフをいってもらうことは可能か。万が一〈見た目〉のレンタルがバレそうになった場合、フォローはしてもらえるのか。いずれの質問への回答にも納得がいったので、美織はいま、こうして〈見た目〉をレンタルして、目的の場所へと向かっている。何度か利用したことのあるカフェだ。そこで紗英子と待ち合わせをしている。

レンタル契約 7
加藤美織（女性）二十六歳

「あ、美織。ここ！」

先に席についていた紗英子が、片手をあげながら軽く腰を浮かしているのに気づく。

「ごめんね、遅くなって」

いまは美織の見た目をしている呉波が、準備していたセリフをいいながら席につく。いいのいいの、といいながら、紗英子が満面の笑みを呉波に向ける。そちらが自分の同僚の美織だと思っているからだ。それでいて、初対面の美織の同行者――こちらが本当の美織だとは思いもしないで――の視線を意識しているのがわかる。

「いきなりランチにおじゃまさせてもらうことになってしまって、すみません」

愛想よく美織がいうと、いえいえ、と紗英子は大げさに顔の横で両手をふった。

「お会いできてうれしいです。美織から、おうわさはかねがね」

一週間ほど前から、それとなく話しておいたのだ。最近、通っているジムで知り合った人が紗英子の好みっぽいんだよね、と。

「このあとちょっと予定があって。よかったら、ふたりはゆっくりしてって」

十分ほど世間話をしたところで、予定通り、呉波が席を立った。紗英子が、「えっ、やだ、いっちゃうの？」とちょっとこまったような声を出す。そのくせ、目もとがわずかににやけている。よし、と美織は思った。

二度目のレンタルは、事前にネットで予約を入れた。勝手はもうわかっていたからだ。店長の吾妻《あずま》庵路から、特にいぶかしむ様子もなく、二度目のご利用ありがとうございます、と返信があった。二度目のレンタルで希望したのは、〈清楚《せいそ》でかわいい女子高生〉だ。

レンタル当日、美織は自宅の最寄り駅に直結した駅ビルに向かった。夕方になると、決まって休憩スペースのソファに陣取って退屈そうにしている男子高校生たちに声をかけにいくためだ。おかしなおじさんに追いかけられてるんです、助けてください、と。男子高校生たちは、おもしろいくらい簡単に正義のヒーローになって、〈清楚でかわいい女子高生〉をガードしながら駅まで送ってくれた。またしても美織の思惑通りに、ことは運んだのだった。

合計四回、〈見た目〉のレンタルをくり返したあと、美織はぱったりと、《化けの皮》を利用しなくなった。その後、店長の吾妻からメールがあったけれど、返信はしていない。文面には、一度お目にかかれませんか、とあった。

レンタル契約 7
加藤美織（女性）二十六歳

みっともない学生生活だった。

中学のときも、高校のときも、大学のときも。いつだって美織は、自分のことをみっともないと思いながら毎日を過ごしていた。

小学生のころは、みっともないということにすら気づかないくらい鈍感で、だから、能天気に過ごすことができていただけだ。いま思えば、ぱっとしない女の子としての人生は、あのころにはもうはじまっていた。飛び抜けてかわいらしいというわけではないものの、ものすごく不細工というほどでもない容姿。それがいけなかった。美織は長い間、自分はまあまあなほうだと思いこんでしまっていたのだ。

かわいい、が、ほかのなによりも価値を持ちはじめた中学時代、最初の洗礼を受けた。クラスの中で、総選挙がおこなわれたのだ。一位から順に、かわいいと思う女子が発表された。クラスの中心的な男子たちの間《あいだ》で。

美織は圏外。しかも、圏外の中でも、かなり順位が下のほうだった。目を疑った。

そのときまで、自分はまあまあのほうだと思っていた美織にしてみれば、青天の霹靂《へきれき》だったのだ。それでもまだ、うちのクラスの男子は騒がしい女子のほうが好きだからだと、自己弁護ができた。おとなしく見られがちな自分は不利だったんだ、と。

しばらくして、たまたま街ですれちがった高校生の集団に、「ぶっさ！」とすれちがいざまに吐き捨てられたことがあった。聞きまちがいかと思ってふり返ったら、向こうも美織をふり返っていて、だめ押しをするように笑った。おまえのことだよ、とばかりに。

美織は完全に自信を失った。自信を失うということは、集団生活の中でのなによりも強力な武器をひとつ失うということだ。なにをするのにも、不安がつきまとうようになった。こんなことをいってだいじょうぶだろうか。あんなやつがえらそうに、と思われないだろうか。いや、ここは堂々としていたほうがいいはず……。

自信のなさから取る態度は、ときには卑屈《ひくつ》、ときには尊大《そんだい》で、当然のように、美織とまわりとの関係はおかしくなっていった。

大学入学を機に、少しだけ人との接

レンタル契約 7
加藤美織（女性）二十六歳

し方に工夫をするようになる。自分を出さない。徹底して、それだけを気をつけた。おうむ返しのように、相手の言動に合わせる。そこには絶対に、自分の意見、好み、希望は入れない。美織なりの修業のときをへて入社した小さな商社では、どうにか同期の女の子たちのグループに入ることができていた。

自分でも不思議だと思う。いまはもう、みっともなかった中学時代も高校時代も過去のことで、大学時代に軌道修正をしてからは、そこそこ人並みの毎日を送れるようになっている。それなのに、心のどこかが壊死《えし》してしまったかのように、なににも気持ちが動かない。美織ってどうして彼氏作んないの？　ときかれても、彼氏？　と内心、鼻で笑ってしまう。そんなものがなんで必要なの？　と。

しあわせな自分を、どうしてもイメージすることができない。念願だった仲よしグループの中にいても、ちっともしあわせじゃなかった。仕事にやりがいがあるわけでもないし、趣味もこれといってない。誰からも誘いのない休日は、ただごろごろして過ごすだけだ。そんな日常をどうにかしたい、とすら思っていない。

心が死んでしまった。

あの総選挙で。通りすがりに吐き捨てられた「ぶっさ！」で。自信が持てなくなってから自分が取った行動、口にした言葉、そして、それを受けて返された反応の数々で。

死んでしまった。わたしの心はもう、生きていない。


まただ、と思う。

また、あの吾妻庵路からメールがきている。会えませんか、と。用件は書いていない。お話ししたいことがあるんです、としか。

気づかれてしまったのだろうか。レンタルした〈見た目〉を利用して果たした復讐に。まさか、と思う。気づかれるはずがなかった。あの復讐は、自分以外の誰かに気づかれるようなものではないはずだ。

ふと、思い出した。最初のレンタルをしたときに同行していた《化けの皮》の従業員が、おかしなことをいっていたことを。

『……〈見た目〉のレンタルを、犯罪行為に利用してはならない——このお約束、覚えてますよね？』

紗英子の待つカフェにふたりで向かっていたその途中、唐突にきかれた。もちろんです、と美織は答え、《化けの皮》の従業員——呉波も、そうですか、とあっさり納得したのだけれど、そのとき見せた意味ありげな視線が、なんとなく引っかかってはいたのだ。

レンタル契約 7
加藤美織（女性）二十六歳

うそはいっていなかった。レンタルした〈見た目〉を利用してやったことは、一円の利益も美織にもたらしていない。誰かを庖丁《ほうちょう》で傷つけて逃げたりもしていない。たとえ警察に通報されたとしても、痛くもかゆくもない、と胸を張っていえる。美織はただ、復讐を果たしただけだ。自分にしかわからない方法で。

わかるはずがなかった、あの男に。それなのに、呉波はなにかを疑っていた。だからこそ、犯罪行為に利用してはいけないという約束ごとを確かめたのだろうし、意味ありげな視線を向けもしたのだろうから。そして、店長である吾妻庵路に、なにかを告げた。そうでなければ、くり返しメールが届くはずがなかった。会って話がしたいだなんて。

……応じるべきだろうか。

美織は迷いはじめていた。

たてつけのあまりよくない引き戸を引いて、美織はそっと《化けの皮》に入っていった。

「お待ちしていました」

迎えたのは、銀縁の眼鏡にぼさぼさ頭の店長、吾妻庵路だった。カウンターの向こうに立ち、美織をにこやかに見つめている。どうぞ、と手で示されたので、カウンターの前までいき、スツールに腰をおろした。

「ご足労いただいてしまってすみません」

「いえ……なにか、お話があるとか」

「そうなんです。あ、ちょっと待ってくださいね——呉波、お茶、お願いしてもいいかな」

店長の吾妻が、背にしていた簾《すだれ》の向こうに声をかけた。

仕事帰りに立ち寄ったので、閉店時間はとっくに過ぎている。美織のためだけに、店を開けておいたらしい。簾の向こうから、黒一色のいでたちをした見覚えのない若い男が姿を見せた。え？　と思う。吾妻は確かに、呉波、と呼びかけていた。呉波といえば、ハーフっぽい顔立ちをしていたはずなのに——。

「不思議ですか？」

吾妻の声に、はっと視線をもどす。

「うちは、〈見た目〉をあつかうレンタルショップですから」

だから、従業員の見た目も自在に変化させられるとでも？　美織は、背筋が寒くなるのを感じた。自分はもしかして、とんでもないことをしてしまったんじゃないだろうか、と。

「あの、わたし……」

ばれているはずがない、と思いながらも、声は勝手に震えてしまう。

加藤美織（女性） 二十六歳

「利用規約をやぶるようなことは、なにも」

無性《むしょう》にこわくなっていた。よく考えたら、中身を入れ替えることで〈見た目〉をレンタルするなんて、常識の範疇《はんちゅう》を超えている。不思議なことに、この店で説明を受けたときには、少しもおかしいとは思わなかったのだ。この店を利用することはもうないな、と思っているいまは、この店のことがひどくおそろしかった。目の前にいる吾妻庵路も、いまにもその皮をやぶって別の顔をのぞかせそうでこわい。なぜだか、親戚の家でよく聞かされた怪談話がよみがえってくる。狐をだましてはいけないんだと、何度も震えた。

美織は、足もとから広がってくる小刻みな震えを止めることができなかった。

「呉波がね、最初に気がついたんです」

吾妻は相変わらず、おっとりとやさしげな口調のまま、話しかけてくる。

「どうもおかしい、いつもの〈見た目〉レンタルのときには感じないものを感じる、と」

吾妻のななめうしろに、控えるようにして立った呉波——いま美織が目にしているのは、涼し気な目もとが印象的な、純和風な見た目の若い男だ——が、こく、と浅くうなずく。

「加藤美織さん。あなたのことを少し調べさせてもらいました」

あっ、と声が出そうになった。調べた？　わたしのことを？　どうしてそんなこと……。

血の気が引いたようになっている美織に、吾妻はあくまでもおだやかだった。口調が急に厳しくなったりはしていない。だからこそ、不気味に感じた。なぜ、なんのために、と。

「最初に疑ったのは、詐欺《さぎ》行為でした。あなたは同僚の女性に、人目を引きそうな若い男を紹介しました。なので、結婚詐欺のような手口でお金を貢《みつ》がせるのが目的なのではないか、と」

ちがう。そんなことはしていない。紗英子からお金なんかもらっていない。

「あなたのパソコン、スマートフォンを監視させていただいたところ、確かにあなたは、レンタルした〈見た目〉の人物として交換した連絡先で、その後も同僚の女性とコンタクトを取りつづけていましたが、金銭の要求などはいっさいしていませんでした」

ぞっとなった。パソコン、スマートフォンの監視をしていた？　そんなことをいわれるなんて、想像もしていなかった。

「紗英子さん、でしたね。あなたが彼女から奪ったものは、お金ではありませんでした。あなたが彼女から奪ったのは――」

ごとっ、と大きな音がして、吾妻が言葉を切った。じっとなにかを見ている。美織は、その視線の先に目をやった。湯のみが卓上に転がっている。中身もこぼれていた。ああ、自分の手が当たったって倒れたのか、とぼんやりと気づく。

「……だいじょうぶですか？」

レンタル契約7
加藤美織（女性）二十六歳

手際よく卓上をふきながら、呉波が顔をのぞきこんできた。目が合う。最初のレンタルをした日に会った男とは、まったくの別人だ。美織は色を失った顔のまま、小さくうなずいた。

「つづけます。加藤美織さん、あなたは紗英子さん好みの男性として彼女に近づき、その後はオンライン上での交流をつづけ、彼女がすっかり夢中になったころを見計らって、こんな文面を送っていますね。読みあげます。『いい加減、気づけって。なれなれしいんだよ、一回会っただけで。ブス！』」

美織は顔をあげることもできず、震える自分の手もとを見つめるばかりだ。

確かにそれは、自分が紗英子に送ったものだった。一言一句、まちがっていない。どうしてそれを吾妻が知っている？　ハッキングされた？　まさか！　厳重すぎるほど厳重にセキュリティ対策はしてある。ハッキングは考えられない。だったら、どうして……。

「次にあなたがレンタルされたのは、〈清楚でかわいい女子高生〉でしたね。その〈見た目〉を使って知り合ったのが、五人の男子高校生たちです。彼らとも、あなたはオンライン上で交流を持ちました。やがて、誤送信を装い、俗にいう裏アカウントをわざと読ませます。そこには彼らを貶《おとし》めるような内容がつづられていました。『かっこよかったらよかったんだけどねー。見た目、最悪。確実にカーストの最下層だからあれ』『キモいおじさんから助けてもらったのは感謝してるけど、連絡マメなの、本気でうざい』……など」

悪意に満ちた言葉の数々に、耳をふさぎたくなった。吾妻の声を通して聞く罵詈雑言《ばりぞうごん》が、見る間に美織の世界を黒々と染めていく。

自ら放った悪意に、たったいま、自分は捕まってしまったのだと美織は思った。


二度の成功を経て、美織はさらなる〈見た目〉のレンタルを求めた。

三度目は〈アイドル風な男子高校生〉を、四度目は〈小悪魔風な美女〉を希望している。いずれも美織の希望通りの〈見た目〉が用意されていて、それぞれ、いきつけのドラッグストアでよく顔を合わせる女子高生の集団と、同じ部署の先輩社員を痛めつけてやった。

痛めつけたあとは、アカウントごと存在を消滅させておしまい。彼らは、怒りをぶつける先さえ失う。完璧な手口だった。どうして自分がこんなひどい目に、と彼らは全員、思ったはずだ。そっくり同じことを、美織も思ってきた。なにも悪いことなんかしていなかったのに、一方的に見た目の優劣をつけられて、ののしられて、自分を失って、いつしか心は死んでしまった。

実際に自分を貶めた人間たちに復讐したいとは、不思議と思わなかった。あの人たちとの決着はついている。自分は圧倒的な敗者だ。いまさら立ち向かったところで、なにも変わらない。だから、当時の自分のように、無防備な相手を選んだ。

どうしてそんなことをされたのかわからない、と放心させる。それが、美織の復讐だった。される側ではなく、する側に回る。その行為を体験することこそが目的だったのだ。

「四度目のご来店のあと、コンタクトがなくなっていますね。ご満足されたということですか？」

吾妻の声が、厚い膜の向こうから聞こえるようだった。意識がぼやけているのだと気づいた途端、はっきりと聞こえるようになる。

「あなたの復讐は、終わった？」

わたしの復讐は、終わった？

わからない。結局、心が生き返った、なんて思う瞬間は一度も訪れていないし、なにも気持ちが動かない自分もそのままだ。

五度目のレンタルをしにいかなかったのは、それが理由だった。意味がない。そう気づいたから。復讐なんて意味がない、と思ったわけではなかった。自分のすることには意味がない、と思ったのだ。

紗英子とはいまでも、仲のいいグループでよく集まっている。美織に紹介された人にひどいことをされた、と責められたりもしていない。なかったことにしようとしているのだと思う。あまりにも自分がみっともないから。むかしの美織と同じだ。ほかの〈被害者〉たちも、おおむね同じ感じなんだろうなと思う。

「加藤美織さん。あなたのしたことは、確かに犯罪行為ではありませんでした。調べた限り、あなたはただ、〈見た目〉を利用して悪意をぶつけただけです。悪意をぶつけられる理由もなかった人たちに。あなたが彼らから奪ったものは——尊厳《そんげん》です」

吾妻は、淡々と美織のしたことを暴《あば》きつづけている。彼のいうことには、少しの誤りもなかった。有能な探偵の謎解きを聞いているようだと、美織はぼんやりと思う。

「それが、あなたの復讐だったんですね」

知らないうちに、はい、とうなずいてしまっていた。

「そう……それが、わたしにとっての復讐でした。同じように、わたしに悪意をぶつけた人たちへの」

四つの〈見た目〉をレンタルして、四つの復讐を果たしている。ならば、吾妻からの問いかけに、美織はただ、こう答えればよかった。わたしの復讐は終わりました、と。

そう答えられなかった理由は……。

「ぼくの個人的な考えをお話ししてもいいですか？」

いつのまにか運ばれてきていた急須《きゅうす》を片手に、吾妻が話しかけてくる。新しくなった湯のみに、澄んだ色をした緑茶が注がれた。

「基本的に、復讐は成立しないものだって思っているんです。復讐って、起きてしまったことに対する負の感情をどうにかしたくてするものですよね。でも、なにをしたところで、起きたことは起きたままです。なかったことにはなりません。だから、復讐って最初から成立しないものだと思っていて」

自分の言葉で、自分の思いを語っている吾妻の声は、低すぎることもなく、高すぎることもない。自分以外の誰かの耳にならい、きっとこの声はとても心地がいいんだろうな、と美織は思った。世界が黒く染まってしまったいまの美織にとっては、罪人しかいない地上に降る天上からの声のようだ。その声を聞いているだけで、裁かれている気分になる。

「なので、加藤美織さん。あなたのしたことは復讐じゃない。ぼくはそう思います」

うわごとのような、たよりない口調で美織は吾妻にたずねた。

「……だったら、わたしのしたことは……なんだったんですか？」

「ただの八つ当たりです」

「やつ……あたり……」

銀縁の眼鏡のフレームを軽く指先で押しあげながら、にこっと吾妻が笑う。

「あなたは復讐できていなかったんです。だから、少しもすっきりしていない。そうじゃありませんか？」

吾妻のいう通りだったので、思わず、こく、とうなずいてしまった。

「あなたはまちがえた。まちがえて、復讐の代わりに八つ当たりをしてしまった。八つ当たりをしたら、しなくてはいけないことがありますよね」

頭がぼうっとしていて、すぐには答えられない。代わりに吾妻が答えてくれた。

「正直に、いうんです。八つ当たりをしてしまいました、ごめんなさいって」

思いもしなかった答えだった。不思議なことに、その思いもしなかった答えを耳にした途端、黒々と染まった美織の世界に、小さくヒビの入る音がした。


「正直に……いう……」

夢の中にいるような表情の加藤美織を、呉波はじっと見つめていた。

その目には、さっきまではなかった光のようなものが生まれている。ほんのわずかな、ヒビの割れ目からのぞく兆《きざ》しのような光。それでも、それがあるのとないのとでは、美織の顔つきはまるでちがって見えた。

　八つ当たりをしたのなら、正直にそういって、謝る。そんな当たり前の話に気持ちを動かされたらしい美織のことも気にはなったが、それ以上に、復讐というものへの庵路の考え方のほうに、呉波は気を取られていた。

「もちろん、それですべてをなかったことにはできません。でも、どうしてあんなことをされたんだろう、と理由もわからず苦しんでいる人に、少なくとも答えはあげられます。なんだ、八つ当たりだったんだって」

　復讐。

　呉波にとってそれは、したかったのにできなかったことのひとつだった。園路の前で、口に出して悔やんだこともある。そのときだ。園路が呉波に、なにがいちばんの復讐だと

思う？　と問いかけてきたのは。

「もう一度、うちからレンタルした〈見た目〉の人物になりすまして、コンタクトを取ればいいんです。ね？　正直に話して、謝ってしまいませんか？」

そうすればあなた自身も楽になりますよ、とまではいわずに、庵路はにこやかに、加藤美織の顔をのぞきこんでいる。美織は、糸であやつられた人形のように、かくんと首を折った。はい、と答えながら。カウンターの上に身を乗り出していた庵路が、美織との距離を適正なものにもどしてから、いう。

「それとは別に、なんですけど」

特に口調を改めるでもなく、庵路はさらりと、美織に奇妙な提案をした。

「復讐も、果たしてしまいましょうか」


いったい庵路は、美織の目的が復讐だったことに、どこでどう気がついたのだろう。

呉波には、いまだにわかっていない。砂羽哉と手分けして調べた加藤美織のパソコンやスマートフォンの情報——気配を消した化け狐なら、丸一日すぐそばをうろうろしていても気づかれることはない。よって、情報は盗み放題だ——を報告した時点では、彼女の目的はまだわかっていなかった。庵路だけが、気がついたのだ。そっか、復讐だったんだ、といって。

「久しぶりだね、呉波と外食するの」

薄暗い歩道を並んで歩いていた庵路が、へらっと笑った顔を向けてくる。別にお茶漬けでもよかったのに、といいかけて、やめた。庵路が妙にうれしそうにしていたからだ。

美織をバス停まで送り届けたら、けっこう遅い時間になっていたので、このまま外食をして帰ろう、ということになったのだった。庵路の希望で、そばを食べにいくことになっている。

「驚いたような顔、してたね」

正面に向き直った庵路が、思い出したようにいう。

「驚いたような顔？」

「ほら、オレが加藤さんに、『いちばんの復讐ってなんだと思います？』ってきいたとき。呉波がちょうど、湯のみをさげに前に出てきたときだったから、横顔が見えてたんだよね」

見られていたのか、と思う。庵路のいう通り、確かにそのとき、呉波は驚いていた。美織への問いかけが、かつて呉波が園路から投げかけられたのと、同じものだったからだ。

「どうしてあんな顔してたの？」

少しだけいいよどんでから、呉波は答えた。

「園路に同じことをきかれたことがあった」

「いちばんの復讐ってなんだと思うって？」

ああ、とうなずいた呉波のすぐ横を、最終かもしれない路線バスが一台、走っていった。

「オレと加藤美織の答えはちがっていたけど、園路の答えは、さっきの庵路と同じだった」

庵路の問いかけに、わかりません、と美織は首を横にふった。そんな美織に、たずねられた道順を教えるような気軽さで、庵路はこういったのだ。

『二度と思い出さないようにする。それだけでいいんです』

庵路の声に、園路のなつかしい声が重なって聞こえた。

『二度と思い出さない。それだけでいい』

園路がいったのはそれだけだったが、庵路はさらに、こうつけ加えた。

『イメージとしては、モンスターからぎりぎり逃げ切ったシャッターの中です。奥には扉があります。あなたは最後の力をふりしぼって走る。扉を開ける。すると、そこには光があふれている。あなたはもう安全だ。おそろしいモンスターからは逃げ切った。あいつはもう、シャッターの向こう側にしかいない』

美織は、目を閉じて庵路にいわれた通りの場面をイメージしているようだった。

加藤美織（女性）二十六歳

『シャッターの向こう側にしかいないもののことは、もう考えなくたっていいんです。二度と思い出さなくていい。扉を開けたあとのあなたは、その先で起きることだけに向き合って生きていけばいい。だって、シャッターはもう、おりているんですから』

閉じたままの美織の目からは、涙があふれ出していた。

『シャッターはもう、おりている……』

二度と思い出さないことがどうして復讐なんですか、と美織がきき返すことはなかった。本当はわかっていた、とでもいうように、庵路の言葉を受け入れて帰っていった。

「せいろとぶっかけ、どっちにしようかな」

いきつけのそば屋の看板が見えてきた途端、庵路はもう、そばのことで頭がいっぱい、という顔だ。その横顔をちらりと盗み見ながら、呉波は思い出していた。

自分にとっての復讐も、『二度と思い出さない』になったときのことを。

目の前には、縛られて床の上に押し倒された園路。その背中には、ろくでなしの息子たちの長男がまたがり、横にした日本刀の刃を園路のうなじに向けている。状況を正確に把握するため、呉波はぐるりと蔵の中を見回した。

砂羽哉は、園路の首を落とす、とおどされて動きを封じられているし、次男はいつでも長男の手助けができるよう、すぐそばに控えている。三男はというと、蔵の扉の前に座りこんで、形ばかりの見張りをしていた。だらしなくあぐらをかき、しきりにあくびをしている。呉波はまず、気配を消した無色透明の狐のまま、三男の背後に回りこんだ。首のうしろを狙って飛びかかる。前足で鋭く急所を突き、一撃で失神させた。もともと扉を背に座りこんでいたので、なんの異変も起きていないように見える。次は、と砂羽哉のすぐとなりへと移動した。

『どう動く?』

狐同士にしか聞こえない特殊な音波を使って、短く打ち合わせをした。

『刃先の向きを変えてくれ』

『わかった』

目には見えない狐のまま駆《か》け出した呉波は、園路のうなじに向けられていた刃先を、いきおいよく蹴りあげた。

「うわっ」

悲鳴をあげて、長男が上半身をのけぞらせる。そのすきに、砂羽哉が飛びかかった。あわてて動こうとした次男を、すかさず人の姿になった呉波が、はがいじめにする。

レンタル契約 7
加藤美織（女性） 二十六歳

「なっ、なんだ、どこからわいて出た！」

めちゃくちゃに暴れる次男の首を、軽くしめあげる。あっさりと意識をなくしたその体を放り出し、しばられて身動きが取れずにいた園路のもとへと急いだ。

砂羽哉はまだ、日本刀をふり回している長男と取っ組み合っている。

「背中の傷はどうだ、痛まないか？」

縄をほどく手が、妙に震えた。

「……おまえこそ、顔がまっ青だぞ、呉波」

いわれてはじめて気がついた。全身の血が引いたようになっている。主の身の危険に動揺していたのもあるのだろうが、加えて肉体的な不調にも見舞われているらしい。

「妖力がひどくさがっている。無理するな、呉波。狐にもどれ」

ほどけた縄から抜け出した園路が、そっと呉波の背中をなでた。それですっかり力が抜けてしまって、自分の意志とは関係なく、ふたたび本来の狐の姿にもどってしまっていた。長く人の姿に化け、気を張った潜入生活をつづけていたせいで、思っていた以上に妖力を消耗していたらしい。

無茶苦茶《むちゃくちゃ》にふり回される日本刀に手こずっていた砂羽哉のほうも、決着がついていた。だらしなく伸びた長男を見下ろしながら、日本刀を片手に立ちあがるところだった。

「いこう」

園路にうながされ、蔵をあとにした。

「呉波、おまえは園路のそばにいろ」

外から蔵の扉に錠《じょう》をかけたところで、砂羽哉が妙なことをいい出した。

「おまえは……って、そういうおまえはどこにいく気だ」

「することがある。すぐにもどるから」

そういい捨てるや否《いな》や、砂羽哉は狐の姿にもどり、走り去ってしまった。

園路と顔を見合わせる。

「あとを追うぞ」

先に走り出したのは園路だったが、すぐにその場にひざを落としてしまう。見れば、着物のうしろ身頃《みごろ》が裂《さ》けて露出した背中の肩口から、予想外の量の血が流れていた。

「園路！」

なけなしの妖力をふりしぼり、人の姿に化けた呉波は、園路の体を抱えて町医者のもとへと走った。

手当てを終えるなり砂羽哉の気配を追って駆けつけたその場所は、すでに火の海だった。まさかの光景に、ぞっとなったのを覚えている。

砂羽哉は、園路を雇っていた大地主の本宅をはじめ、蔵のあった別宅、さらには、いくつかあった分家の屋敷、そのすべてに火をつけていたのだった。

ろくでなしの息子たちに金で買われ、あっさり園路を引き渡した使用人たちの住まいにまで火は放たれていた。茅葺《かやぶ》き屋根の古い家は、こわいくらいに火のまわりが早い。呉波たちが駆けつけたときには、巨大な火柱まで上がっていた。

狐使いを陥《おとしい》れようとすれば、こうなる。それを知らしめるのと同時に、砂羽哉は、園路を裏切った者たちへの復讐も果たしたのだ。

命以外の、彼らの持つものすべてを灰にしてしまうことで。

狐使いとしての稼業を捨てたあと、なりゆきで拾った二匹の子狐も加わっての新しい生活がはじまった。

薬草を使って作った各種の薬や、珍しい山菜の類《たぐ》いが主な生活の糧《かて》だ。おだやかで、のんびりとした山での暮らしには、なんの不満もなかったはずだった。それなのに――。

呉波は長く引きずった。自分だけが果たせなかった復讐への思いを。わかっていた。そもそも園路を窮地《きゅうち》に陥《おちい》らせたことにこそ、自分の後悔はあるのだと。わかっていても、気持ちは園路を危険な目に遭《あ》わせた者たちへと向かってしまう。そんな思いを園路に明かしたこともあった。『いまでも思う。どうして砂羽哉はオレを待たずに、ひとりで勝手に』と。そのとき与えられた復讐の方法が、『二度と思い出さないこと』だった。

主がそういうのなら。そう思って、呉波は努めた。二度と思い出さないように。少しずつ、薄れていった。あのろくでなしの息子たちの顔も、園路を裏切った使用人たちの顔も。いまでもたまに、あのとき目にした炎だけは思い出す。まざまざと。それすらも思い出さなくなるときを、主の言葉を信じて呉波は待っている。この世でいちばんの復讐が果たされる、そのときを。

レンタル契約

8

及川紘一

（男性）五十四歳

「どうしたもんかなあ」

砂羽哉《さわか》の隣《となり》で、庵路《あんじ》がいきなり、いつものおっとりとした口調でつぶやいた。

リビングのソファにいるのは、砂羽哉と庵路のほかには呉波《くれは》だけだ。双子の姿は見当たらない。本来の子狐《こぎつね》にもどって、裏山にでも遊びにいっているのだろう。

「なにかこまったことでも？」

砂羽哉がそう問いかけると、庵路は愛用のマグカップをテーブルにもどしながら、「真《ま》問《とい》と帆《ほ》ノ香《か》のことなんだけどさ」と答えた。

呉波が、ちらっと砂羽哉のほうを見やる。なにか心当たりはあるか？ ときいているらしい。砂羽哉はゆるりと首を横にふってから、「真問と帆ノ香が、またなにか？」とくわしい説明を庵路に求めた。

真問は最近、人間の感覚に一段と慣れて、化けているときは人間そのものだ。ずれた言動は、ほぼ見られない。帆ノ香はというと、いまだに少し狐の素が出てしまうときがあって、単独行動をさせるにはやや不安を感じなくもなかった。とはいえ、問題らしい問題は起こしていないはずだ。

「制服をさ、着たがるもんだから好きにさせてるじゃない？ それが原因でちょっとね」

「ちょっとって？」

及川紘一(男性) 五十四歳

「いやあ、うん。富田《とみた》さんがね」

富田さんと聞いて、砂羽哉はすぐに、そういうことか、と話をのみこんだ。

「ふたりが学校にいっていないことで、なにかいってきたのか」

こくこく、と庵路がうなずく。

富田さんというのは、定期的に剪定《せんてい》用の道具をレンタルしてくれているご近所さんのことだ。配達ついでに、庭の手入れの手伝いをするのが恒例になってもいる。

「あのご老人も、いい人だとは思うんだが」

うん？　と庵路が顔を横に向けてくる。

「少しばかり、一方的なところはある」

砂羽哉の答えに、そういえば、と呉波がいう。見合いの話をされたことがあったな、と。

なるほど、と庵路がため息をついた。

「子どもは、どんな事情があっても学校にはいくもの。若い男女は、適齢期になれば結婚するもの——やっぱり富田さんって、むかしながらの価値観に揺るぎがないタイプなんだ。そう思って、取りつくろってはおいたけど」

どれだけ巧妙に人間に化けられても、狐が戸籍《こせき》を取得することはできない。当然のように、学校にも通えない。妖力《ようりょく》が不安定なあのふたりでは、そもそも集団生活の中に長く身を置くのもまだ無理だ。

それでも、真問と帆ノ香の見た目からすれば学校に通っているのが自然だし、富田さんが気にするのも当然といえば当然だった。

「ご近所さんには、真問たちはオレの親戚《しんせき》ってことになってるじゃない？　健康上の理由でいまはこっちに静養にきてて、その間は休学してるんです、とは伝えたんだけど」

「それじゃだめなのか？」

「だめじゃないんだけど……なんかちょっと、適当にごまかしちゃったかなって」

それのどこに引っかかっているのか、砂羽哉にはさっぱりわからない。

「富田さんにしてみたら、元気そうな真問たちを見てるわけだから、ちゃんと納得できてないんだろうなって」

「そんなことまでおまえが気にする必要はないんじゃないか？」

「まあ、それはそうなんだけどね」

砂羽哉のいったことに納得できたのかどうなのかよくわからない返事をされたところで、庵路のスマートフォンにメールが入った。店のサイトに届くメールはすべて、庵路のスマホに転送されるようになっている。

「おっ、〈見た目〉レンタルのほうの予約だ」

レンタル契約 8
及川紘一（男性） 五十四歳

「〈見た目〉の希望は？」

呉波からの質問に答える代わりに、庵路は、じいっと砂羽哉の顔を見つめていった。

「うーん……今回は、砂羽哉かな」

「呉波じゃなく、オレ？」

「呉波でもだいじょうぶそうだけど、砂羽哉のほうがより適任かな、と」

そこまでいって、庵路がいきなり、にこっと笑いかけてくる。

「さて、どんな〈見た目〉をリクエストされたんでしょうか」

まるでクイズの出題だ。律儀《りちぎ》にも、呉波が答える。

「まず、十代じゃないな。十代なら、真間か帆ノ香が担当になる。年齢は二十代以上だ」

庵路が、うんうん、とうなずいている。

「性別は、女性。しかも、三十歳未満」

「どうしてそう思うの？」

「オレより砂羽哉のほうが適任なんだろ？　だったら、若い女性だ。高齢の女性ならオレのほうがそれっぽく化けられるけど、若い女性はちょっとかたくなる」

へえ、よくわかってるじゃないか、と砂羽哉は感心した。七変化《しちへんげ》にも、本来の性質というものは多少なりとも反映されるようで、呉波が化ける若い女性は、どことなく勇ましいのだ。しかも、外見だけではなく、言動にもそれが出る。

はるかむかし、この地でまだ領土拡大のための戦《いくさ》がおこなわれていたころのこと。情報収集のため、ふたりして若い女性に化けて敵の陣地に潜入したことがあった。ちやほやしてくる足軽《あしがる》たちを、砂羽哉はうまく受け流していたのだが、呉波は次第に苛立《いらだ》ちを隠せなくなり、しまいには、なれなれしく肩を組んできた相手を張り飛ばしている。結局、砂羽哉だけが残って目的は果たしたものの、そのときしみじみと思ったものだった。七変化にも向き不向きはあるのだな、と。

てっきり自分だけが承知していることだと思っていたら、本人にも自覚はあったらしい。

どうだ？　というように顔をのぞきこんだ呉波に、ぱちぱちぱちぱちと庵路が手をたたく。

「ほぼせいかーい。正確には、〈面倒見がよさそうな、二十代の女性〉でしたー」

出されたクイズに正解して、心なしか満足げな呉波に、うっかり噴き出しそうになる。

楽しそうでなによりだった。


「あ、ここか」

レンタル契約8

及川紘一（男性）五十四歳

考えごとをしながら歩いていたら、いつのまにか目的のレンタルショップの前にいた。手書きの文字がのたうっている、よろずレンタルショップ化けの皮、という看板。それを一瞥《いちべつ》してから、及川紘一《おいかわこういち》はガラスの戸を横に引いた。

「いらっしゃいませー」

のんびりとした若い男性の声に出迎えられた。広々とした土間の店内の奥に、一枚板のカウンターが目立っている。声をかけてくれた男性は、そのカウンターの向こうにいた。ぼさぼさ頭に、華奢《きゃしゃ》な銀縁の眼鏡をかけた青年だ。

「予約させていただいた及川と申しますが」

「ああ、及川さん！　お待ちしておりました。どうぞどうぞ」

カウンターの前のスツールを勧められ、着席した。

「店長の吾妻《あずま》といいます。本日は、当店のご利用ありがとうございます」

「こちらこそ、よろしくお願いいたします」

お互いに、ぺこぺことお辞儀《じぎ》をし合った。

「きょうはいいお天気ですねえ」

のんびりと天気の話をし出した青年に、紘一はすぐに好感を持った。〈見た目〉をレンタルしている店なんて、いったいどんな人間がやっているのだろう、といぶかしんでいたものだから、なおさらこのふつうな感じに安堵《あんど》したのかもしれない。

「あ、なつかしい。そのキャラクター、子どものころ好きでした」

有休を取ったので、紘一は私服姿だった。なつかしい、といいながら吾妻青年が指さしたのは、紘一が着ていたサマーニットの胸の小さな刺繍《ししゅう》だ。かつて一世を風靡《ふうび》したブランドのもので、ポロシャツやスウェット、ニットの胸には、鮫《さめ》のマークの刺繍が決まって施《ほどこ》されていた。いまでは滅多に目にすることもない、過去のブランドだ。

「なかなか捨てられなくて。いまどき、着ている人も少ないんでしょうけれど」

吾妻青年はにこにこしながら、「捨てないでください。まだまだ着られそうじゃないですか」といった。胸の中に、ふっとやわらかな風が吹いたようになる。ああ、娘の彼氏がこんな子だったらいいなあ、と思ったりもする。独身の紘一に、娘はいないのだけど。

「さっそくですが、本日のレンタルに関してのご説明をさせていただきますね」

「あ、はい」

手際よく説明された中で、ひとつだけ気になったことがあった。レンタル中は、自分の本来の見た目をした人物が、一定の距離を保って同行する、という部分だ。

「一定の距離というと、どの程度になるんでしょうか？」

「そうですねえ、この店内の端と端くらいですかね」

レンタル契約8

及川紘一（男性）五十四歳

「えっ、そんなに近くですか」

「なにか不都合が生じそうですか？」

「うーん……そうですねえ」

紘一は、これから自分がしようとしていることをシミュレーションしてみた。その場に、本来の姿をした自分がいても問題はないかどうか熟考《じゅっこう》する。場所柄、不自然ではない。

「……いや、うん。だいじょうぶかな。だいじょうぶだと思います」

不意に、おかしくなった。本当に考えこむべき点は、ここじゃないんじゃないかと思ったからだ。

ごくごくありふれた商品ですよ、とばかりに、雑多なレンタル用品の項目に混ざっていた〈見た目〉。ふつうに考えれば、レンタルできるようなものではない――はずなのに、なぜかそこには引っかからなかった。いまもそうだ。どういうわけかそこは気にならない。

不思議なもんだなあ、と思いながらも、紘一が契約書にサインを済ませると、吾妻青年が背にしていた簾《すだれ》の向こうから、すらりとした若い女性が、いきなり姿をあらわした。

にこっと笑って、吾妻青年がいう。

「こちらが、ご用意させていただいた〈見た目〉になります」

端正な顔つきながら、どことなく包容力のありそうな雰囲気の女性だ。

理想的なその〈見た目〉に、紘一は思わず、うんうん、とうなずいてしまった。この人なら彼女もきっと、と。


及川紘一。五十四歳、独身。

結婚を急《せ》かされなくなって、久しい。本人としては、ほっとしている。負け惜しみでもなんでもなく、紘一には若いころから、結婚願望というものがまるでないのだ。好きな仕事——食品会社で発酵の研究をしている——への情熱はいまだ冷めてはいないし、趣味の仲間——俗にいう乗り鉄だ——との絆《きずな》も固い。なにより、ひとりで暮らすのが好きだった。

仕事を終えて、まっ暗な部屋に帰り、自らの手で明かりをつける。その瞬間を、紘一は愛していた。ああ、自分は自立したひとりの大人だ、と実感できる、しあわせな瞬間だ。人によっては、その瞬間ほどわびしいものはない、と嘆《なげ》いたりもするようだけど、紘一にはまったく縁のない感情だった。

そんな紘一なので、五十四歳、独身、というものが、世間的には哀れまれがちな属性だと理解はしていても、気に病むことは皆無に近い。みんながみんな、家庭を持ちたいわけじゃない。こういう人間だっている。ただ、若い女性から見たときに、自分ほど積極的に関わりを持ってほしくない存在もないんだろうな、という自覚はあった。

時間制限があってもいいから、若い女性に受け入れられやすい人間になれたら。

ここ数日、そんなことばかり考えていた。

レンタル契約 8
及川紘一（男性）五十四歳

せっかくの有休の日に、わざわざ勤務先近くの公園までできたのは、彼女が決まってそこでランチを食べることを知っていたからだ。

荻野《おぎの》さん。紘一が勤務している食品会社の研究所で、事務の仕事をしている女性だ。入社して三年目、仕事ぶりはいたって真面目で、いつも黙々とパソコンに向かっている。言葉を交わすことは滅多《めった》になく、業務上のやり取り以外には、ごく軽い挨拶《あいさつ》のみだ。

事務職は、彼女を合わせて女性が五人。彼女以外の四人は、昼休みにはつれだって外に出ていく。荻野さんだけが、少し遅れて外出する。それがずっと気になっていた。

紘一の妹は、中学時代に不登校になっている。通信制の高校を卒業したあと、海外の大学に進学したころから、ようやく当時の苦しい思いを家族にも話してくれるようになった。

『休み時間にね、いっしょにいる人がいないのが本当につらかったの』

すっかり過去の話だ、というように、妹はさばさばと語った。

『修学旅行のときなんか、本当に地獄だった。同じ班の子といっしょにはいるんだけど、買い食いするとき、わたしは誘ってもらえないの。みんなは同じものを食べながら歩いてるのに、わたしだけ手ぶら。血の気が引いたようになりながら歩いてたの、よく覚えてる』

何年も経《た》ってから、はじめて明かされた妹のつらい体験に、紘一は声をあげて泣いた。少ないながらも、常に気の合う仲間がいた紘一は、友だちのいない学校生活を想像してみたこともなく、不登校だなんてこまった妹だなあ、としか思っていなかったのだ。

いまでは妹も結婚し、ふたりの子どもにも恵まれて、異国の地でしあわせに暮らしている。それでも紘一の胸には、じくじくしたものが残った。なにもしてやれなかった、という後悔だ。

勤務先の近くにある公園で、お手製の弁当をひとりで広げている荻野さんの姿を見かけたとき、紘一は思った。ああ、妹もああしてひとりでいたのか、と。胸が詰まった。そして、考えた。荻野さんのために、なにか自分にできることはないのだろうか、と。

自分はただの同僚だ。しかも、三十歳近くも歳《とし》の離れたおじさんで、仕事上の接点だってほぼないに等しい。そんな自分がいきなり彼女に話しかけたところで、気味悪がられるだけだ。最悪、下心を疑われるかもしれない。なにかしてあげたい。でも、中年男性の自分では、なにもしてあげられない……。

及川紘一（男性） 五十四歳

「それで、今回の〈見た目〉でしたか」

駅前に出るあいだ、どうして自分は〈見た目〉をレンタルするにいたったのか、同行中の砂羽哉に、すっかり話してしまっていた。

「せめて、話を聞いてみたくて」

砂羽哉は、紘一がレンタルした〈見た目〉の本来の持ち主だ。紘一はいま、希望通りの〈面倒見がよさそうな、二十代の女性〉の〈見た目〉を手に入れている。紘一の見た目は、いまは砂羽哉の見た目になっていた。この入れ替わる現象こそが、〈見た目〉のレンタルというものらしい。

「あ、いました。彼女が荻野さんです」

勤務先の近くにある公園までやってきた紘一は、こそこそと砂羽哉にささやいた。

「では、わたしは少し離れたところに」

本来の自分——年相応にくたびれた、時代遅れのブランドの服を着た中年男性——が、さりげなくそばを離れていく。紘一は小さく深呼吸をしてから、ベンチに座って弁当を食べている荻野さんのもとへと向かった。

「おとなり、いいですか？」

声までしっかり二十代半ばの女性のそれだ。声をかけられた荻野さんが、軽く目を見開きながら顔をあげる。どうぞ、といわれた。

「お弁当、ご自分で？」

用意してきたコンビニのおにぎりの封を開けながら、さりげなく会話の糸口をさがす。荻野さんは、はい、とうなずいてくれた。迷惑がられている様子はないのだけど、なぜだかその視線は、少し離れた別のベンチのほうに向けられたままだ。なんだろう？　と紘一もそちらに目を向けてみる。途端《とたん》に、ぎくっとなった。ベンチには、砂羽哉がいた。つまり、本来の紘一が。

砂羽哉はちゃんと、奥まった場所のベンチに座ってくれていた。気がついた荻野さんがすごい、としかいいようがない。

「及川さんだ……」

つぶやくように、荻野さんがいう。

「お、お知り合いですか？」

どぎまぎしながら、きいてみた。

「同じ職場の方です。きょうは有休を取ってお休みのはずなんですけど」

う、と声が詰まりそうになる。

「い、いきつけのお店にでもランチを食べにきたんじゃないですか」

「マイペースな方ですし、いつものお店のほうが落ち着くのかもしれないですね」

なんとか納得してくれたようだ。ほっと息を吐く。そんな紘一のとなりで、ぼそ、とつぶやくように荻野さんがいう。

「多分、お仲間だと思うんですよねえ」

「え？」

「あ、すみません。いきなり変なこといい出して。えっとですね、わたし、ひとりが好きなんです。凝《こ》ったお弁当を作って、じっくりそれを味わうのとか、至福の時間で。でも、はたから見たら、いつもひとりでお弁当って、ちょっとかわいそうな人ですよね」

そう思っていました、と心の中で答える。

荻野さんは、無防備な笑顔を浮かべながら、紘一——中身は砂羽哉の——を見つめていた。

「及川さんも、ひとりが好きそうなんですよね。そういう人が身近にいるのって、それだけで心強いというか……勝手に仲間気分なんです。いてくれるだけでいい、みたいな。あ、すみません。初対面の方にべらべらと」

「あ、いえ……」

相変わらずオレは馬鹿だなあ、と思う。

こういう人間だっている、と自分のことは思っていたくせに、荻野さんもそうかもしれない、とは、考えもしなかったのだから。


妹のことがあったとはいえ、と前置きしてから、及川紘一はため息まじりにいった。

「まさか荻野さんも、わたしと同じようにひとりでいるのが好きな人だったなんて。想像もしていませんでした」

てっきり同僚たちの輪に入ることができず、やむなくひとりでランチタイムを過ごして

レンタル契約 8
及川紘一（男性） 五十四歳

いるのだと思いこんでいたらしい。

「その上、わたしがわたしでいるだけで、多少なりとも彼女の役に立てていたとは……」

レンタルを終えた及川紘一を、店の玄関先まで見送りに出てきたところでの立ち話になっていた。無用の混乱を避けるため、砂羽哉は〈面倒見のよさそうな、二十代の女性〉に化けたままだ。

荻野さんは、歳の離れた同僚の男性が、〈見た目〉のレンタルまでして力になろうとしていたことに、この先も気づくことはないだろう。なんの見返りを求めることもなく、思いきった行動に出た及川紘一だけが、この先も〈真実〉を知っている。

それじゃあ、わたしはこれで、と会釈《えしゃく》をした及川紘一に、砂羽哉はにっこりとほほ笑んで、「ご利用ありがとうございました」と頭をさげた。


「あれっ、砂羽哉だけ？」

久々に来客の予定もなく、店のカウンターでぼーっとしていたところに、庵路がひょいと簾の向こうから顔をのぞかせた。

「呉波なら、バーベキューセットの配達にいった」

「そういえば、予約入ってたね」

真問と帆ノ香は、リビングのソファで昼寝中だ。砂羽哉が見かけたときには人間に化けた姿で眠りこんでいたが、いまごろは本来の子狐にもどってしまっているにちがいない。

「いまから富田さんとこにいくけど、砂羽哉もいっしょにいく？」

「呼ばれたのか？　富田さんに」

「ううん。和菓子を余分にもらったから、おすそわけしにいこうかな、と思って」

何日か前に富田さんの話になったとき、なにか思うところがあるようだった庵路を思い出した。ついていくことにする。

戸に、『ただいま休憩中。御用の際はこちらまでお電話を』と貼り紙をして、歩いて十分ほどのところにある富田家に向かった。

「おー、どうした、ふたりして」

奥さんを亡くしてからはひとり暮らしだという富田さんは、来訪をよろこんでくれた。持参した和菓子とは別の和菓子が出された居間の卓をはさんで、二対一で向かい合う。

「実は、富田さんに謝りたいことがあって」

前置きなく、庵路が切り出した。

「えぇ？　謝りたいこと？」

レンタル契約 8
及川紘一（男性） 五十四歳

地元の民俗博物館の館長を長く務めている富田さんは、丸顔の人のよさそうな老人だ。手入れを任せていた業者の廃業で荒れ放題になっていた自宅の庭を、《化けの皮》のオープンを機に、自ら整えることにしたのだという。それ以来のおつきあいだった。

「真問と帆ノ香のことなんですけど、富田さんには、『健康上の理由で静養中なので、こちらの学校への転入手続きはしていない』と説明しましたよね？」

庵路は富田さんに、ぼかせる部分は徹底的にぼかしつつ、それでいて限りなく真実に近い説明をしはじめた。

真問と帆ノ香には諸問題があって、いまは学校に通うのが難しい。その問題の中には、いまのあの子たちでは集団生活に適応できない、という理由も含まれているのだけど、富田さんにはいいわけのようにしか聞こえないかもしれないと思って、健康上の理由で、と当たり障《さわ》りのないことをいってしまった——。

双子の心配をしてくれた富田さんに、わかってもらえるはずがない、とはなから決めつけて、適当にごまかすようなことをいってしまった自らの不実が、よっぽど気に入らなかったらしい。

庵路の話を聞き終えた富田さんが、「そうだったんだね」と大きくうなずく。

「やっと納得できたよ。実は、うん？　と思っていたところもあったから。話してくれてよかった。まあ、わたしはこの歳だから、物わかりが悪そうに見えるかもしれないし、実際、わからないものはわからない、といってしまうかもしれないが、きちんと話してくれれば、理解する気持ちはあるつもりだから」

庵路は恐縮した様子で、「すみませんでした」とぺこぺこ頭をさげていた。

「庵路でも、思いこみってあるんだな」

帰り道、しみじみと砂羽哉はいった。

「えー？　そりゃあるよー。なるべくしないように気をつけてはいるけどね」

妙に達観したようなところのある庵路だが、考えてみれば、まだ十八歳だ。歳の離れた人間のことは、世間のイメージというフィルターを通して理解している部分はあるのだろう。

「ねえ、砂羽哉」

「うん？」

「オレがまた、変に思いこんじゃってるようなことがあって、もし砂羽哉がそれに気がついたら、そのときはちゃんと教えてね」

返事をするのが、一瞬、遅れてしまった。

「砂羽哉？」

「あ、いや……うん。わかった」

自らの未熟を、使役《しえき》している〈狐〉に指摘するようたのむ狐使い――。

園路《そのじ》の命が尽きると知ったとき、新たな主《あるじ》はもう無理だ、と思った。そのときは本当に、そう思ったのだ。もしもその思いこみのまま逃げ出してしまっていたら、いまこうして、庵路のそばにいることはなかった。

「……確かに、思いこみはよくないな」

ぽつりとつぶやくように砂羽哉がいうと、庵路は屈託なく答えた。

「ねー、ホントよくないよねえ」

その横顔は、十八歳らしい瑞々《みずみず》しさに満ちていた。

レンタル契約 8
及川紘一（男性）五十四歳

レンタル契約

9

吾妻春妃

（女性）四十二歳

父親を知る人たちは、いまだにいう。庵路《あんじ》ちゃんのお父さん、俳優さんみたいで本当にかっこよかったのよう、と。

写真や動画で見る父親は、確かに整った顔立ちをしていて、いつもほがらかに笑っていて、全方位的に好感度の高い人だったんだろうな、と思える。実際のところは、わからない。生後二ヶ月で死に別れている。庵路に父親の記憶はない。

「庵路に電話だよー」

真問《まとい》の声に、ふ、とうたた寝から覚めた。

読みかけだったレポート用の本がひざの上から落ちる。リビングと店とを仕切る簾《すだれ》の向こうから、真問の顔がのぞいていた。あわててソファから立ちあがり、店番をしていた真問のもとへと向かう。

「お問い合わせ?」

「わかんない。ただ、庵路さんはいますかってだけ」

「名乗らなかった?」

「うん」

かつてのお客さんの誰かだろうか。

一応、店にも電話は置いているものの、問い合わせのほとんどはメールだ。ご近所さんからの電話はあるけれど、名乗らないことはほぼない。

「お電話代わりました吾妻《あずま》です」

「あ、庵路くん？　あのね、いま松川《まつかわ》酒店っていうお店の前にいるんだけどね、ここを右？　それとも、もうひとつ先を右？」

その声を耳にした途端《とたん》、頭の中がフリーズしたパソコンのようになる。

深呼吸を、ひとつした。

「……えっ……と、お母さん？」

「そうだけど？」

受話器から聞こえているのは、確かに自分の母親の声らしい。それはいい。電話なら、地球の裏側からでもかけてくることができる。

「松川酒店って、閉まったシャッターの前に空のビールケースが山積みになってるあの松川酒店？」

「そうそう。その松川酒店。貼り紙もないけど、潰れちゃってるの？　このお店」

まちがいない。最寄りのバス停から《化けの皮》まで歩いてくる途中の交差点にある、あの松川酒店だ。どういうわけかそこに、母親がいるらしい。大学入学を機にひとり息子が実家を離れたのに合わせて、なぜだか自らも自宅を引き払い、メキシコへと移住してしまった母親が。

リビングに通した母親を、簾の陰から真問と帆《ほ》ノ香《か》が観察している。オレの母親だよ、と教えてからも、どういうわけか遠巻きだ。

なんの連絡もなくいきなりやってきた母親は、相変わらず奇抜なかっこうをしていた。ぶかぶかの緑のスウェットに、すそが切りっぱなしのピンクのプリーツスカート、近未来なデザインのスニーカー。毛先だけ色を抜いた黒髪のショートボブに、耳には巨大なフープピアス。まるで海外のファッション関係者のようだ。小柄なせいか四十二歳にも見えない。母親なんてうそだ、とでも思われているのだろうか。

「だいじょうぶだよー?　こわくないよー?」

母親がソファから手招きをする。それでも近寄ってこない。そこに突然、

「こら、真問、帆ノ香！　店番はどうした！」

店のほうから、呉波《くれは》の叱責《しっせき》が聞こえてきた。レンタル用品の配達から帰ってきたようだ。

ぴゅっ、と真問と帆ノ香の姿が消える。呉波のもとへ、すっ飛んでいったらしい。

「……ねえ、庵路くん。どうしてわたし、警戒されてるの？」

首をかしげた母親に、庵路もまた、首をかしげるしかなかった。

ぼそぼそと、簾の向こうから話し声が聞こえている。真間と帆ノ香が、来客について報告をしているのだろう。しばらくして、呉波がリビングに入ってきた。庵路のとなりにいる母親をちらっと見て、一瞬、目を見開く。奇抜なかっこうに驚いたのかもしれない。

「ご子息《しそく》には、たいへんお世話になっております。〈狐《きつね》〉の呉波と申します」

仰々《ぎょうぎょう》しくも武将に仕《つか》える家来のように片膝をついて挨拶《あいさつ》をした呉波に、母親がのけぞってみせる。

「わたしはただの庵路くんのお母さんだから！　かしこまらないで？　ね？」

呉波の視線が、庵路に向けられた。どうすれば？　ときいているのだ。

「この人、狐使いのことはよくわかってないから。ふつうに接してあげて？」

わかりました、と答える代わりに、呉波は一礼して立ちあがり、キッチンへと向かった。

そういえばお茶も出していなかった、とそのときはじめて気づく。知らないうちに、母親の急な来訪に緊張していたのかもしれない。

母親には愛されて育ったと思うし、自分自身も母親を慕《した》ってはいるけれど、どうしてもぬぐえないでいる複雑な思いもあった。

父親は、心臓の病気で急逝《きゅうせい》している。享年二十六歳。どう考えても、早すぎる死だ。

ふつうのお父さんは、二十六歳よりもずっと長生きする人のほうが多いのだと知ったとき、庵路の中にその思いは芽生えた。

――オレは本当に、生まれてきてよかったの？

ききたくて、きけずにいる。もうずっと、長いあいだ。答えがこわいのもあるし、そんなことをきいたら母親を傷つけるのではないか、と心配な気持ちもある。だから、きけない。自分自身がそんな秘めた思いを抱えているからか、母親にもまた、同じようなものがある気がしてしまう。

いつからか、母親の予定外な行動に怯《おび》えるようになった。聞きたくないことを聞かされるんじゃないか、と。

幼いころにも一度、経験している。

世界は、がらりと様相を変えた。母親から聞かされた、その事実ひとつで。

いまでも一言一句、覚えている。

『おじいちゃんの血を引く男の子にはね、ほかの子とはちょっとだけちがうところがあるの。相性の悪い人だと、そばにいるだけでも呪《のろ》いのような作用を起こすことがあって、ときには不慮《ふりょ》の死をもたらすことも……。だからね、そばにいてもだいじょうぶな人かどうか、庵路くんはよくよく気をつけなくちゃいけないの』

小学生のとき、母親からいわれたことだ。

仲がいい友人ばかり、なぜか病気になったり、交通事故に遭《あ》ったり、親の仕事がうまくいかなくなって転校してしまったり、ということがつづいた。

どうしてオレのまわりのやつばっかり——さすがに不思議に思って、母親に答えを求めたことがある。そのときだ。自分が狐使いという血筋の人間だと教えられたのは。以来、親しくつきあった友人はいない。クラスメイト以上の関係にはならないよう、自ら防波堤を作るのが当たり前になっていった。

ひとりでいるようになって、自然と気づいたことがある。父親のことだ。

母親の話によれば、狐使いの能力は男子にのみ受け継がれていくものらしい。つまり、

狐使いの血筋ではあっても、母親に能力そのものは備わっていないということだ。

父親は多分、ただ恋をしただけなんだと思う。ちょっと奇抜なかっこうはしているものの、芸術系の国立大学に通うごくふつうの若い女性と恋に落ち、結婚をした。そうして生まれてきたのが、狐使いの能力を受け継いだ自分だ。

母親の説明の中にあった、相性の悪い人、というフレーズが、どうしても気になっている。実の親子なら、その摂理《せつり》から逃れられるのか。それとも、実の親子であっても逃れられないものなのか。父親は、いったいどこまで事情を知っていたのだろう……。

母親は、断言している。父親はもともと心臓に疾患《しっかん》があって、だから死んじゃったんだよって。それ以外の意味はなんにもないんだからね、と。もちろん、母親のいうことを疑ったりはしていない。それでも、胸のどこかにいつも、罪の意識のようなものがある。

――オレの存在が、父親に呪いをかけてしまったんじゃないのか？

だから、父親は死んでしまったのかもしれない。自分の中に流れている、狐使いの血のせいで。

遅れて配達先からもどってきた砂羽哉《さわか》も加わって、ようやく《化けの皮》の従業員兼同

レンタル契約 9
吾妻春妃（女性）四十二歳

居人たちが全員、リビングに顔をそろえた。

U字形のソファのまん中に庵路と母親がならび、庵路の右手に真問と帆ノ香が、母親の左手に砂羽哉と呉波が座っている。〈狐〉たちは、そろって口をつぐんだままだ。庵路か、もしくはその母親が、なにか話し出すのを待っているらしい。

えっと、と庵路が口を開いたのに合わせて、全員の視線がいっせいにU字形のソファの中心に集まる。

「……どうして急にここへ？」

母親にたずねたつもりだったのに、当の本人は澄ました顔のまま、返事をしない。

「あの、お母さん？」

「えっ？　あっ、わたし？」

こく、と庵路がうなずくと、ごめんごめん、といいながら、体の向きをななめにする。庵路に向き合うかっこうになった。

「なにかな？　庵路くん」

「だから、その……どうして急に、わざわざメキシコからここにきたのかなって」

「えー？　だめだった？　だって庵路くんがいまどんなところで暮らしてるのか、写真でしか見たことなかったんだもん」

確かに、大学入学時の引っ越しには母親も立ち会っていたものの、ここに越してくるときにはすでにメキシコだったので、なかば事後報告のような形で、店舗と住居部分の画像を添えたメールを送るのみになっていた。

「一度はちゃんと見ておきたいなと思って」

そう説明されれば、なるほど、と思える。ただ、それですっかり納得できたかというと、胸のどこかにはまだ、『本当は？』と疑う気持ちが残っていた。

それで、といって、母親が店舗との仕切りになっている簾のほうに目をやった。

「お店はうまくいってるの？」

「砂羽哉と呉波がしっかりしてるから」

母親が、砂羽哉と呉波の顔を順に見る。

「あなたたちが、最期まで父のそばにいてくれたのね」

はい、と砂羽哉が応じる。

祖父が息を引き取ったのは、庵路が狐使いの力を引き継いだ直後のことだ。気を失うように眠りこんでしまった庵路が目を覚ましたときにはもう、祖父は、長く暮らした山の一部になっていた。墓は望まず、山への散骨の許可を早くから得ていたのだという。庵路が眠りこんでいるあいだに、砂羽哉と呉波がすべてを済ませていた。

「一度も、わたしのことはたよってくれないお父さんだったなあ」

母親が祖父の話をするのは、本当に珍しいことだった。幼いころに別れて以来、一度も会っていない、と聞いている。話せるほどの記憶も思い出も、持っていなかったのだろう。

「でも、狐使いの力を庵路くんに引き継がせたんだから、結果的にはわたしがいてよかったってことよね」

ぽつりと、呉波がいう。

「忘れてやること以外に、自分が娘にしてやれることはない、と。そうおっしゃっていました」

「……馬鹿なお父さん」

母親が涙を流すのを、久しぶりに見た。

あんまり泣かないから、母親は泣き方を知らないのだと、子どものころは本気で思っていた。自分の前では泣かないだけだった、と知ったのは、母親にとっての育ての親である伯母——庵路にとっては大伯母に当たる——が亡くなったときだ。

悲鳴のような声をあげて、母親は泣いていた。

おかわりの紅茶が出されたタイミングで、「あのね、庵路くん」と、母親が少しだけ改まった調子で庵路を呼んだ。

幼いころ、がらりと世界がその様相を変えたときにも、母親はこんなふうに少しだけ声音《こわね》を変えて、庵路に話しかけてきた。覚えている。またなのか、と思った途端、ひゅっ、と胸が凍った。なにかよくない話をされるのかもしれない。こわくて母親の顔が見られなくなった。視線は落としたまま、母親の声に耳を澄ませる。どうか今回は、世界が変わりませんように、と祈りながら。

「実は、ちょっと前に事件に遭っちゃって」

——事件？

予想外の話に、思わず顔をはね上げた。

「うちの近所で銃撃戦があってね、流れ弾が頭をかすったの」

くら、と目が回ったようになる。

「どうしてすぐ連絡くれなかったんだよ！」

思わず声を荒らげてしまう。真問と帆ノ香が、そろってびくっとなったのがわかった。

「かすっただけだし、手当てだってすぐ終わって、入院もしなかったんだよ？」

「だからって……」

吾妻春妃（女性）四十二歳

母親は、世界各国の民芸品を独自の視点で写真に収めて発表している、民芸品研究家兼フォトグラファーだ。何冊か本も出していて、SNSで人気の出る写真の参考書として、近著《きんちょ》はかなりの売れ行きを記録したらしい。

特に、メキシコの刺繍《ししゅう》と〈死者の日〉に関連した民芸品への造詣《ぞうけい》は、相当に深い。そんな母親なので、メキシコへの移住には反対しなかったのだけど――。

母親の話はつづいた。

「結果的には軽傷だったんだけど、その瞬間は、さすがに死を覚悟したのね。そしたら、庵路くんにはまだ話してないことがあるんだったって思って。いつ死んでもおかしくないんだったら、いまだなって。いま話そうって」

それが急な帰国の理由だったらしい。

「いま、話してもいい？」

横から顔をのぞかれた。黙ってうなずく。

「覚悟してたつもりではいたんだけど……庵路くんの友だちが次々とトラブルに見舞われるようになって、改めて、ああ、やっぱりそうなんだって思った。やっぱりこの子にも、狐使いの能力は受け継がれちゃってるんだって」

母親が不意に、口もとだけで、ふ、とほほ笑んだ。

「庵路くんの名前って、庵寿《あんじゅ》くんからひと文字もらってるじゃない？」

母親はむかしから、夫のことを〈お父さん〉とは呼ばない。一貫して、庵寿くん、だ。

「わたしは、庵《いおり》って名前にしたかった。そしたら庵寿くんが、ちゃんと『路』を入れようって。うちの家系の男の子には、代々『路』の字が入ってること、彼は知ってたから」

……母親の家系のことは、知っていた？　だったら、例の血筋の話も？

「どこまで話してたの？　お父さんに」

「彼にはなんにも隠してないよ」

「じゃあ、お父さんは……もし男の子が生まれたら、自分に呪《のろ》いがかかるかもしれないってことも？」

「もちろん、知ってた。知ってたからこそ、わたしと結婚したようなもんだし」

え？　と庵路が戸惑うと、母親は、ちょっと待ってね、というように、ふうっ、と大きく息を吐いた。

「……庵寿くんは、もともと長くは生きられない体だった。心臓に疾患があったって話はしたでしょ？　彼、こういってプロポーズしたの。自分はどうしたって早死にすることが決まってる。だから、なんの心配もしないで、春妃《はるひ》はオレの子どもを産めるよって。生まれてきた子が男の子でも、オレの体にはもともと呪いがかかってるんだから、新しい呪いなんて意味ないでしょって」

ああ、そうだったのか……。

納得ずくで、父親は狐使いの血筋の母親と結婚し、子どもの誕生も望んだのか。

体の中を、なにかがすうっと通り過ぎていったような気がした。長く、滞《とどこお》りつづけていたなにかが。

「本当のところは、わからない。庵寿くんの心臓が保《も》たなかっただけなのか、それとも、例の呪いのせいだったのかは。ただ、庵寿くんのプロポーズの言葉がなかったら、出産する覚悟はできなかったかもしれない。庵寿くんのおかげで、わたしは庵路くんに会えたの」

でもね、と母親は目を伏せた。

「この話って、本当のところはわからないからこそ、庵寿くんの献身《けんしん》があっての命っていうふうにも取れちゃうでしょ？　だから、庵路くんが自分で狐使いの力のことを決めるまでは話したくなかった。万が一にも、庵寿くんのおかげで生まれてきた命を自分の好きにはできない、なんて思ってほしくなかったから」

なにかが隠されているような気はしていたけれど、そんな思いが秘められていたなんて。

母親がいう通り、本当のところはわからない。父親の死に、狐使いの血を持つ自分との相性の悪さが影響したのかどうかなんて。わからないことに、頭を悩ませたってしかたがない。いまはただ、噛《か》みしめよう。自分は望まれて生まれてきたのだという事実だけを。

大好きだった夫を呼ぶときと同じように、名前に〈くん〉をつけて自分を呼ぶ母親に、すがりついて泣いてしまいたい衝動に駆《か》られる。でも、そんなことは、もうできない。自分はとっくに十八歳だし、〈狐〉たちの主《あるじ》だ。

すがりついて泣く代わりに、いまの自分にしかできないことをさがした。あった。いまの自分にしかできないことが、ひとつだけ。

庵路は、こほん、とせき払いをした。

「あのさ、お母さん」

きっとよろこんでもらえる――。

疑いもせず、庵路はその提案を口にした。

「お父さんの〈見た目〉、レンタルしてみる？」


はじけるような笑い声が、リビング中に響き渡った。

「母親にまで営業？　仕事熱心だなあ」

そうじゃなくって、といいかけた庵路をさえぎるように、笑顔のままで母親がいう。

「庵寿くん、無駄にかっこよかったんだよ？　そう簡単には化けられないと思うけどなー」

「あの……お嬢さん」

それまで黙って話を聞いていた砂羽哉が、遠慮がちに声をあげた。

「お言葉ですが、我々に化けられない見た目はございません。動いているお姿か、せめて写真を見せていただければ、ほぼ正確に」

ふるふると、母親が首を横にふる。

「そういうことじゃないのよ、狐ちゃん」

その目に、涙はもうない。

「わたしが会いたいのは、彼の見た目をした誰かじゃないの。彼なの。わたしのことを誰よりも大好きで、面倒くさい家系ですらおもしろがってくれて、呪いには呪いで対抗しようって笑っていってくれた、吾妻庵寿なの。たとえきみが彼そっくりに化けられたって、それは彼じゃない」

だからね、といいながら、砂羽哉、呉波、真問、帆ノ香、と母親は順に見回した。

「わたしには、借りたい〈見た目〉はないの。わたしにはね」

結局、母親はその日のうちに《化けの皮》をあとにすることになった。おそろしいことに、ニューヨークでの初個展の初日を二日後に控えた身でありながら、思い立ってしまったから、という理由だけで、帰国していたのだ。

大あわてでタクシーを呼び、庵路が駅まで同行することになった。これなら搭乗予定の時間に間に合うよう空港までいけそうだ、と駅のホームでひと息ついたところで、

「なんだかうれしいな……改めて、庵路くんに見送ってもらう気分」

ぽつりと、母親はそういった。

「庵寿くんと、約束してたんだ。わたしたちの息子が大きくなって、無事に巣立っていったら、わたしたちは世界中を転々としながら生きていこうねって」

それで、いきなり自宅を引き払ってメキシコにいってしまったのか……。

いまになって、その唐突な行動にも意味があったことを知った。ただの気まぐれじゃなかったんだな、と思っていると、いきなり、がばっと肩を抱かれた。庵路のほうが背が高いので、母親は背伸びをしているらしい。ずしりと、体の右側だけが重くなった。

「わたしも、好きに生きていくから。庵路くんも、好きに生きてね。狐使いだって、やめたくなったらやめていいんだよ。あの狐ちゃんたち――お兄ちゃんたちのほうだけね――は、ちゃんとわかってくれてると思う」

どう答えたらいいのかわからず、庵路が黙ったままでいると、母親は持ちあげていたかかとをおろしながら、「おじいちゃんのいいところだけ真似《まね》して。だめなところは真似しないこと」といい足した。母親が背伸びをやめた分、さらに体の右側が大きく傾く。

「おじいちゃんのだめなところって？」

「好きな人のそばにいたがらないところ」

母親の腕が、ゆっくりとほどけていく。

「わたしは充分すぎるほどしあわせな子ども時代を過ごしたけれど、やっぱり、お父さんといっしょに暮らしてみたかった」

ホームに列車が入ってきた。

「この人は、と思った人とは、相性の悪さとか気にしないで、そばにいたいって伝えていいんだよ」

乗降口の扉が開く。乗りこんでいきながら、

「庵路くんはもう、子どもじゃない。きみがこれから好きになる人も、きっともう子どもじゃない。だから、もういいの。こわがる必要はない。好きに生きていいんだよ、もう」

母親はそれだけのことをいい終えると、晴れ晴れとした顔でふり返った。

「はーっ！　いってなかったこと、全部いえた。これで心置きなくあっちにもどれるよ」

閉まりかけた扉の向こうで、母親が手をふる。またね、とそのくちびるが動くのを見ながら、庵路も手をふった。

「またね、お母さん……」

長い線路の上をゆっくりと走り出した列車を見送りながら、庵路は思った。

誰のためでもない人生を、ただ大切に生きる。それ以外に、両親が自分に望んだことはないのだと知ることができた。これ以上の愛情があるだろうか。こんな大きなものを与えられた人生を、いい加減に生きることなどできるはずがない。

大切に、生きよう。

ふっていた手を、そっと庵路はおろした。

帰宅するやいなや、子狐姿に戻っていた真問と帆ノ香が、わっと同時に飛びついてきた。

「なんだよ、どうしたの、ふたりとも」

庵路がそうたずねても、それぞれに鼻先をすりすりと肩にこすりつけてくるばかりだ。

「母ぎみが、庵路をつれもどしにきたんじゃないかって心配してたらしい」

代わりに呉波が説明してくれた。それであんなに遠巻きだったのか、と納得する。

砂羽哉がキッチンから、声をかけてきた。

「きょうはもう予約も入っていないし、少し早めに店を閉めて、すき焼きでもするか？」

「いいけど、なんですき焼き？」

「いや……なんとなく」

口ごもった様子からすると、庵路と母親とのやり取りから、なにかしら感じるものがあったらしい。

「……すき焼き、いいかもね」

よし、決まりだ、と呉波が袖をまくった。

「ほら、真間も帆ノ香も、そのままだとすき焼き食べらんないよ」

双子たちに、人の姿に化け直すようにとうながしながら、食卓に向かう。

先のことは、わからない。でも、と庵路は思う。いまはただここが、大切な自分の人生を生きるために必要な場所だ、と。

レンタル契約

10

遠野澄佳
（女性）十五歳

庵路《あんじ》といっしょに《化けの皮》をはじめて、数ヶ月が経った。

帆ノ香《ほのか》にとっては、〈人間社会〉のはしっこに、おそるおそる足を踏み入れてからの数ヶ月、でもある。

すっかり慣れて居心地のよさを感じているような気もするし、いまだに摩訶不思議《まかふしぎ》な世界を垣間見《かいまみ》ているだけのような気もする。

妖力《ようりょく》のほうは、徐々に蓄えが増えてきているようではあった。山からおりてきて間もないころと比べれば、圧倒的に人の姿に化けていられる時間が長くなっている。ご近所の人たちと立ち話をしているときに、それとなく砂羽哉《さわか》や呉波《くれは》から、わき腹をひじでつつかれる回数も減った。

帆ノ香は思う。このまま庵路とずっといっしょに暮らしていたら、そのうち自分は、人そのものになってしまうんじゃないのかしら、と。それがいやだとも、うれしいとも、いまの帆ノ香は思っていない。ただ、庵路といっしょに暮らしているいまの生活を、心地よく感じているだけだ。

もしも自分がこのまま、人そのものになってしまうのだとして。帆ノ香は考える。いまの自分に足りていないものってなんだろう、と。

「ねえ、真問《まとい》」

店番中の真問に、簾越《すだれ》しに話しかける。

「なに？　帆ノ香」

眠そうな声だ。お客さんのいない午後三時ほど、睡魔《すいま》に襲われる時間帯はない。

「女子中高生が夢中になっているものってなんだと思う？」

「えー？　そんなの人それぞれじゃない？」

「思いついたのでいいからいって！」

「うーん……じゃあ、部活、とか？」

「ぶかつってなんだっけ」

「学校の延長で、運動したり演奏したりする有志の集まり」

「あー、あれ。なるほど。あとは？」

「夢中になってるものでしょ？　うーん、なんだろうな……スマホとか？」

「スマホのどこに？」

「どこにって、便利なところじゃない？」

「便利さに夢中ってこと？」

「そういわれるとなんかちょっとちがう気もするけど……ねえ、帆ノ香。オレにはよくわかんないよ。庵路が学校から帰ってきたら、庵路にきいて」

割と根気よく答えてくれていた真問も、最後には匙《さじ》を投げてしまった。


「えー？　女子中高生が夢中になってるもの？　難しい質問だなあ」

庵路も、ほぼほぼ真問と同じリアクションだった。質問の仕方を変えてみることにする。

「じゃあ、わたしがもっと女子中高生っぽくなるには、どうすればいいと思う？」

「お、変化《へんげ》のための質問だったの？」

だったら、というように、庵路はスマホを手に取った。なにやら検索をはじめている。

「とあるアンケートの一位では、『ない』ってなってるなあ……まあ、オレも中高生だったころに、夢中になってるものはなんですか？　ってきかれてたら、特にないですって答えたと思うしねえ」

スクロールをつづけていた指の動きが止まった。

「恋が上位にきてるのもあるねえ」

「こい」

「人を好きになるほうの恋ね」

恋。

なるほど、と思った。それは確かに、十代の女の子っぽい。真問とスーパーに買いものにいったとき、こそこそとあとをついてきていた女子高生たちが、それはもう熱っぽく、真問を見つめていたのを覚えている。

彼女たちは、真問に胸をときめかせていることを全員で共有して、その状態を楽しんでいた。うん、と帆ノ香は思う。あれは確かにかわいらしかった。ただ、彼女たちにとっての真問のような存在なら、帆ノ香にもすでにいる。

帆ノ香は、ソファのひじかけから身を乗り出して、食卓で帳簿《ちょうぼ》を広げている砂羽哉の横顔を見やった。視線に気づくこともなく、電卓をたたきつづけている砂羽哉の伏せた目もとの影にすら、うっとりしてしまう。

これが恋？　だとすれば、自分はとっくに女子中高生っぽさを手に入れていることになる。それとも、これは恋ではないのだろうか。

そもそも、恋に夢中になるってどういうことなんだろう。

庵路にきこうとして、やめた。さっきと同じように、難しい質問だなあ、といわれるのが目に見えている。

なにより、自力でこの疑問の答えを見つけることができたら、より人らしく化けられるようになる気がした。なんとなくだけど、そう思う。

よし、とひそかに帆ノ香は決意した。

恋に夢中になると、人はどうなるのか。これからは、意識して観察してみよう。観察対象なら、たくさんいる。異性からの熱っぽい視線を集めるのは、なにも真問だけではない。砂羽哉と呉波だって、ご近所の奥さんたちはもちろん、よくいくお店のレジのお姉さんたちなんかからも、意識されまくっている。となりで見ていて、それはもうわかりやすいほどに。庵路といっしょのときとは態度がまるでちがうので、決して帆ノ香の勘ちがいではないはずだ。

「……庵路だって、そう悪くはないと思うけどね」

ふと口にした帆ノ香のひとりごとに、「うん?」と庵路が顔を向けてくる。

「オレがどうかした?」

顔をあげたばかりだったからか、眼鏡が微妙にずり落ちている。さっきまで見つめていた砂羽哉と比べてしまうと、見た目はやっぱり見劣りするけれど、そのまなざしのやさしさは、なかなかに魅力的なんじゃないのかなと、帆ノ香は思うのだった。

レンタル契約10
遠野澄佳（女性）十五歳

女子はモテだ。

遠野澄佳《とおのすみか》は、そう信じて疑わない。

小学生のころ、クラスの中心的な子たちから、めちゃくちゃ馬鹿にされていた大川《おおかわ》さんという子がいた。彼女がいい例だ。

大川さんは、中学に上がる前の春休みに、ダイエットやらなにやらを猛烈《もうれつ》にがんばったらしく、別人級にかわいくなった姿で入学式にあらわれた。彼女を知る元同級生たちの度肝《ど ぎも》を抜き、さらにはその日のうちに、上級生の男子からいきなりの告白までされている。

その男子がまた学校一のイケてる先輩だったので、必然的に大川さんの格も爆上がりした。結果、三年生にいたる現在まで、大川さんは澄佳たちの学年におけるヒエラルキーの中で、トップに君臨《くんりん》しつづけている。

どちらかといえばだらしがなく、身だしなみにも気を遣ったことのなかった澄佳が、俄然《がぜん》、見た目にこだわるようになったのは、ひとえに大川さんのおかげだ。あの大逆転サクセスストーリーを間近で目にすれば、誰だって、『モテ大事!』となるにちがいない。

大川さんのように中学デビューを果たすことはできなかったものの、一年生のころからこつこつと、自分をかわいく見せる努力をしつづけたかいあって、二年生に進級すると同時に、澄佳は立てつづけにふたりの男子から告白されている。どちらも好みではなかったので、丁重《ていちょう》にお断りしたのだけれど、またたく間に澄佳には、〈モテる子〉のイメージが定着した。そこからはもう、快進撃だ。定期的に、誰かしらが告白してくるようになった。

いまだに〈モテる子〉で、クラスでそこそこのポジションに身を置いている澄佳にとって、学校は楽しくてしょうがない場所だ。ちらちらと視線を送ってくる男子と廊下《ろうか》ですれちがうときの、あの快感！　意識しているのがわかっている男子に、気づいていないふりをしながら話しかけるのは、ことさらに楽しい。

不満も不安もない毎日を送っている自分は、我ながら勝ち組だ、と思っていた。女子はモテだと早めに気づくことができて本当によかった、と思っていたし、これからもきっと、充実した毎日を送れるはずだと確信していたのだけど――。

青天の霹靂《へきれき》といっても過言ではないできごとが澄佳の身に起きたのは、つい一週間前のことだった。

児玉総司《こだまそうじ》という男子が、同じクラスにいる。

小学校もいっしょで、背の低さ以外にはこれといって特徴のない男子だったのだけれど、ここ一ヶ月ほどの間に、ぎょっとするほど背が伸びた。すると、どういうわけか顔立ちも急に大人びて、某若手俳優にそっくりになったと評判に。

当然のように女子のあいだでは話題沸騰で、しかも、あの大川さんが告白してふられた

レンタル契約 10
遠野澄佳（女性） 十五歳

らしい、という真偽不明なうわさまで流れた。見る間に児玉総司は、男子のヒエラルキーのトップに躍り出たのだった。

まわりのみんなにつられたように、児玉くんのことが気になってしょうがなくなった澄佳は、それとなく接触を図るようになる。すれちがいざまにわざと軽くぶつかってみたり、下校時間を合わせてみたり——ほかの男子には有効で、たちまちのうちに態度を変えさせることができた手が、児玉くんにはまったく効かなかった。もともとが読書好きの文系男子なので、女子とわいわい盛りあがるタイプでもない。メッセージを送りたくても、スマホも持っていないようだった。

いったいどうすれば？　と常に児玉くんのことを考える毎日……。

そうして澄佳は、〈モテる子〉なのに彼氏がいない、というキャラが気に入っていたにもかかわらず、とうとう決意する。はじめての彼氏は児玉くんにしよう、と。

先週の金曜日、澄佳は児玉くんを放課後の屋上に呼び出した。彼のペンケースに、メモを忍ばせておいたのだ。待つこと一時間。児玉くんは、こなかった。ふつうなら、すっぽかされたと思うところだ。澄佳はちがった。児玉くんはきっとあのメモに気づかなかったんだと思い、今度は口頭で、放課後、屋上にきてほしいと伝えた。すると、児玉くんはその場で——休み時間の廊下のすみだった——こういったのだ。そういうのは迷惑なんで、もうやめてください、と。

忍ばせたメモにはちゃんと気がついていて、それでも呼び出しに応じなかったことを、きっぱりと告げられた上での拒絶だった。

澄佳はショックで、二日も学校を休んだ。さいわいなことに、大川さんのようにうわさが出回ることはなかったものの、児玉くんにふられた、という事実は、じわじわと澄佳を病ませた。あんなに楽しかった学校が、まったく楽しくない。どう気持ちを立て直そうとしてもだめだった。なにをしていても、児玉くんのあの拒絶が頭をよぎる。

一週間が過ぎても、児玉くんの拒絶による衝撃が澄佳の中で薄まることはなかった。顔をわずかに横にそむけな

がら、ひややかに吐き出されたあの言葉。そういうのは迷惑なんで、もうやめてください
――思い出すだけで、ぴりぴりと全身の皮膚《ひふ》にしびれが走る。

このままだとどうかなってしまう！

なんとかしなければ、と焦《あせ》った澄佳は、スマートフォンの中に答えを求めた。

検索ワードは三つ。〈ふられた〉〈つらい〉〈復活するには〉だ。

あてもなくあちこちさまようちに、とあるレンタルショップのサイトにたどり着いた。

レンタル可能な商品のリスト一覧をなんの気なしに眺《なが》めているうちに、はたと澄佳は思いつく。そうだ。この気持ちをどうにかするには、これをするしかない、と。

一応、二時間ほどは悩んでから、澄佳はそのレンタルショップに予約のメールを出した。

【遠野澄佳といいます。めちゃくちゃかわいい女の子の〈見た目〉をレンタルしたいです。予約可能な日を教えてください】

数回のやり取りをへて、無事、予約することができた。


自分もそこそこかわいいほうだと思ってはいたけれど――これは、次元がちがう。

「……リクエストした通りですね」

ため息まじりに、澄佳はいった。

店長だという銀縁眼鏡の男の人が、「ご希望に添えてなによりです」と答える。吾妻《あずま》、と名乗ったその人は、まだ高校生にも見えるような若さで、となりにいる黒っぽい服装の人のほうが、よっぽど店長っぽかった。

澄佳の目の前には、同じ年ごろの女の子がいる。めちゃくちゃかわいい女の子、とリクエストした通りの〈見た目〉だ。セーラー服がよく似合うほっそりとした体つきに、いますぐ写真を撮らせてもらって保存しておきたい可憐《かれん》な顔立ち。黒髪のショートボブが、もともとの小顔をより際立たせてもいる。かわいい。これは、ホンモノのかわいい女の子だ。

これから澄佳は、このかわいい女の子の〈見た目〉になって、児玉くんに会いにいく。約束なんかは、もちろんしていない。待ち伏せをするのだ。土曜日の午後五時から八時まで、児玉くんは駅前のひだまり塾にいる。女子たちのうわさ話に聞き耳を立てているうちに、手に入れた情報だ。

友だちといっしょに出てきたら、ひとりになるまで待つつもりだけど、多分、児玉くんは単独行動な気がする。適当に人けがなくなったタイミングで、声をかけるつもりだ。

『近くの塾に通っていて、よく見かけてました。よかったら、連絡先を交換してもらえませんか？』

レンタル契約 10
遠野澄佳（女性） 十五歳

このめちゃくちゃかわいい〈見た目〉で、ストレートにそう告げる。さあ、児玉くんはどんな反応を見せる？　自分にしたように、顔をそむけながら迷惑だと答える？　それとも、打って変わってうれしそうに、いいよってうなずく？

どんな結果でもいい。ただ、知りたかった。知れば、なにかしらの答えは出るような気がしていたから。

「あの、つかぬことをおうかがいしてもいいでしょうか？」

駅前へと向かうバスの最後部にならんで座っていた帆ノ香ちゃん——その見た目は、澄佳だ——が、遠慮がちに話しかけてきた。いくらでも堂々としていていい見た目の持ち主にもかかわらず、人見知りする性格らしい。

「あ、はい」

一応、学年的にはひとつかふたつは上に見えるので、澄佳も丁寧語で返事をした。

「レンタルしていただいた〈見た目〉は、最長でも日付が変わるまでにはご返却していただくことになっていますよね。もしお相手の方がおつきあいをご承諾《しょうだく》された場合、どうされるのかな、と思って」

澄佳の見た目をした帆ノ香ちゃんは、本人ほどではないにしても、充分にかわいかった。なんだ、やっぱりわたしかわいいじゃない、と思いながら、澄佳は答える。

「返事が聞きたいだけなんで。つきあうことになったとしても、適当な連絡先を教えておしまいです」

「えっ……そうなんですか？」

どうしてそんなことを、とききたいのだろうけれど、我慢しているらしい。目が泳いでいた。どうせきょう限りのつきあいだ。澄佳は、ダメージを受けたままになっている傷を、帆ノ香ちゃんに見せてしまうことにした。

「告白しようとしたら、迷惑だからやめてっていわれたんです。ひどくない？　呼び出そうとしただけで拒絶って。これでもわたしけっこうモテるほうで、男子からそんな態度とられるなんて、ありえないっていうか……」

帆ノ香ちゃんは、ふんふん、とまじめな顔で聞いてくれている。うれしかった。

「だから、わたし以上にかわいい子になって告白してみることにしたの。ほかの子に告白されたら、どんな態度なのかなって思って」

話しているうちに、いきなり気持ちが沸騰したようになった。

「なんでわたしをふるのか、意味がわかんない。児玉くんに損なことなんか、なんにもないのに!」

そこまで聞いたところで、帆ノ香ちゃんが、ぼそりという。

「もしかすると児玉くんって……」

「え?」

「あ、いえ、なんとなくなんですけど、遠野さんが思ってるようには、児玉くんは思ってなかっただけなんじゃないのかなって」

ドキッ、という音が胸から聞こえたような気がした。

「それ……どういう意味?」

「えっと、遠野さんは、自分とつきあうことで児玉くんはいい思いをするはず、と思ってたんですよね。でも、児玉くんにとってのいい思いって、かわいい女の子とつきあうことでは得られないものなのかもしれません」

かわいい女の子とつきあうこと。

澄佳にしてみれば、これ以上に一発逆転を狙えるカードはない気がしている。でも、そもそも一発逆転を狙っていなかったら? もしくは、そんなカードで一発逆転できるわけがないって思っていたら?

考えてみたこともなかった。澄佳にとっては、モテこそが学校を楽しくするものだったから。そうじゃない人もいる、と考えてみたことがなかったのだ。

「……なーんだ」

自然と、気の抜けた声が出た。そこがちがっているのなら仕方がない、と思えたからだ。児玉くんの仕打ちに腹を立てるのは、筋ちがいというものだろう。

ふられた、と思いこんでいたけれど、そうではなかったのだ。考えのちがう人に、自分はそうじゃないんで、と説明されただけだった。よくよく考えてみれば、児玉くんに抱いていた思いが恋だったかどうかすら、あやしい。改めて思う。なーんだ、こんなことで、と。

澄佳は、浮かしていた背中を座席の背もたれに、ぽすんともどした。

「ねえ、帆ノ香ちゃん」

「え？　あ、はい！」

「予定って、変更してもだいじょうぶ？」


「で、ファミレスでパフェ食べて帰ってきたの？」

「うん」

帆ノ香の〈見た目〉が、予定よりもだいぶ早く返却されたことで、いつも以上に細かく、同行中の報告を求められた。庵路は納得したようだ。

「……帆ノ香のなにげない感想が、遠野さんには必要な答えだったってことかな」

庵路がいう通り、自分が彼女の役に立てたのなら、うれしい。だって、と思う。帆ノ香もまた、彼女とのおしゃべりで答えを見つけることができたのだから。

『結局、わたしはただモテたかっただけで、ちゃんと誰かを好きになったことなんてないのかもなあ』

お互いのパフェが半分ほどに減ったころ、澄佳ちゃん——と呼んで、といわれた——はひとりごとのようにつぶやいた。

『それって、恋をしたことがないっていうことですか?』

『あー、また、「です」っていった! ですますはナシにしようっていったでしょ』

『そ、そっか、ごめん……』

澄佳ちゃんはすっかり楽しそうな様子になっていて、帆ノ香とも、仲のいい友だち同士のようにおしゃべりをしたがった。

『恋……恋ねえ。人を好きになることだけが恋っていうのなら、したことないのかも』

『ない……んだ』

それでも澄佳ちゃんは、しっかりと人間の女の子だ。中学三年生の、かわいらしい女の子以外のなにものでもない。

なーんだ、と思った。

恋をしたことがなくたって、『恋ってなんだろう？』って思ってたって、女子中高生っぽさに影響することはないんだな、と。

そんなことより、澄佳ちゃんみたいな子もいれば、児玉くんみたいな子もいるって知っていたほうが、ずっと人らしく化けられる気がした。

人らしさは、ひとつきりじゃない。澄佳ちゃんとのおしゃべりが、気づかせてくれた。人らしさは、たくさんある。だから、知らなくちゃいけないんだって。

いろんな人がいるってことを知れば知るだけ、きっと上手に人になれる。

「なんかうれしそうだね、帆ノ香。そんなに楽しかった？　ファミレスでおしゃべりしてきたのが」

にこにこしながら、庵路がソファから立ちあがった。マグカップを手にしているので、紅茶をおかわりしにキッチンへいくのだろう。

そのうしろ姿を見ながら、帆ノ香は改めて考えてみた。もしも自分がこのまま、人そのものになってしまうのだとしたら？　二度と狐の姿にはもどれず、人の姿のまま、〈人間

レンタル契約10
遠野澄佳（女性）十五歳

社会〉で生きていくことになったら？

それほど悩むこともなく、答えは出た。

なってもいい。ならなくてもいい。

ただ、砂羽哉と呉波、真問、そして、庵路がいっしょにいる毎日でありさえすれば。

「あれっ？　なんでもういるの？」

しゃらら、と簾《すだれ》を揺らして、真問がリビングに入ってきた。大きくふくらんだエコバッグを片手にさげている。買い出しにいっていたらしい。そのすぐあとに、やっぱり買い出し用のバックパックを肩にかけた呉波がつづく。

呉波もまた、ソファの上の帆ノ香に気づくやいなや、おや？　という顔をした。

「予定の時間より、ずいぶん早いな。まさか、レンタル中になにかトラブルでも……」

さえぎるように、キッチンから庵路が声をかけてきた。

「お客さんのほうから、予定を変更したいっていわれたんだって。代わりにふたりでパフェ食べて、ついさっき返却しにきてくれたところ」

そうなのか？　というように、呉波が視線を向けてくる。帆ノ香は、こくこく、とうなずいた。きゅっとしわが寄っていた呉波の眉根《まゆね》がゆるむ。納得してくれたらしい。

「砂羽哉はちょっと遅くなるかも」

キッチンに移動していきながら、真問が庵路に報告した。

「スーパーの前で富田《とみた》さんたちに捕まっちゃって。ちょっと指してから帰ってくるみたい」

最近、砂羽哉はすっかり近所のおじいちゃんたちの人気者だ。将棋の腕前がプロ級だということが知られてしまったせいらしい。

「本当は、呉波のほうが強いくらいなのにね」

冷蔵庫の前にしゃがみこんだ真問の頭を、呉波が軽くこづく。

「ばらすなよ？　オレまで誘われるようになったら、仕事にならない」

冷蔵庫から、ピー、ピー、ピーと警告音が鳴り出した。

庵路が、「こらこら、真問。前にも教えたじゃない」といいながら、開いていた冷蔵庫の扉を閉める。真問の横に腰をかがめると、エコバッグの中をのぞきこんだ。

「開けっ放しにしてると温度があがっちゃうから。入れるものを先に選別してから冷蔵庫を開ける。そのほうが効率いいでしょ？」

これは冷蔵、こっちは常温、とぶつぶついいながら、ふたりして仕分けをはじめた。

呉波は、早くも夕食の支度《したく》をはじめたらしい。がこん、と派手な音が聞こえた。水を張った鍋を、ガスコンロにのせた音だ。

「なに用？」

レンタル契約10
遠野澄佳（女性）十五歳

「ポトフ用」

「じゃあ、オレはじゃがいもの皮、むいとくね」

手伝うよ、ともいわずに、庵路が呉波のとなりにならんでいる。

夕方になると決まって帆ノ香が目にしている、いつもの光景だった。

「見た目レンタルショップ　化けの皮」は、
読売中高生新聞2019年3月8日発行号から
2020年1月17日発行号に連載されました。
単行本化にあたり、加筆・修正したものです。

石川宏千花　いしかわ・ひろちか

女子美術大学芸術学部卒業。『ユリエルとグレン』で第48回講談社児童文学新人賞佳作（2007年）、日本児童文学者協会新人賞（2010年）を受賞。著書に『墓守りのレオ』『墓守りのレオ　ビューティフル・ワールド』（ともに小学館）、「少年N」シリーズ、「お面屋たまよし」シリーズ、「死神うどんカフェ1号店」シリーズ（以上、講談社）、「二ノ丸くんが調査中」シリーズ（偕成社）などがある。近著は『拝啓パンクスノットデッドさま』（くもん出版）、『メイド　イン十四歳』（講談社）。

見た目レンタルショップ
化けの皮

2020年11月25日　初版第1刷発行
2021年 9 月12日　第2刷発行

著者　石川宏千花
発行人　青山明子
発行所　株式会社 小学館
〒101-8001
東京都千代田区一ツ橋2-3-1
電話　編集 03-3230-5415
販売 03-5281-3555

印刷所　共同印刷株式会社
製本所　株式会社若林製本工場

装丁　坂川朱音
本文デザイン　坂川朱音＋田中斐子（朱猫堂）
表紙・本文イラスト　禅之助
校正　小学館出版クォリティーセンター

ISBN978-4-09-289305-4

石川宏千花の本

墓守りを仕事にしている黒髪の少年レオ。
墓地に暮らしているレオは、
墓地に集う霊たちと会話をすることができる。
その能力を使い、「死」に足を踏み入れた人たちを
救っていく、ちょっとふしぎな物語――。
人間の心のもろさ、みにくさ、
そして強さを描いた、異色のファンタジー。

「墓守りのレオ」

ISBN978-4-09-289746-5

「墓守りのレオ
ビューティフル・ワールド」

ISBN978-4-09-289759-5